까치집이 부럽네

까치집이 부럽네

초판 1쇄 인쇄	2014년 12월 17일			
초판 1쇄 발행	2014년 12월 24일			

지은이   이 용 백
펴낸이   손 형 국
펴낸곳   (주)북랩

편집인	선일영	편집	이소현, 김아름, 이탄석
디자인	이현수, 신혜림, 김루리	제작	박기성, 황동현, 구성우
마케팅	김회란, 이희정		

출판등록   2004. 12. 1(제2012-000051호)
주소   서울시 금천구 가산디지털 1로 168, 우림라이온스밸리 B동 B113, 114호
홈페이지   www.book.co.kr

전화번호	(02)2026-5777	팩스	(02)2026-5747

ISBN   979-11-5585-419-8 03810(종이책)   979-11-5585-420-4 05810(전자책)

이 도서의 국립중앙도서관 출판예정도서목록(CIP)은 서지정보유통지원시스템 홈페이지(http://seoji.nl.go.kr)와
국가자료공동목록시스템(http://www.nl.go.kr/kolisnet)에서 이용하실 수 있습니다.
(CIP제어번호 : CIP2014036099)

까치집이
부럽네

이용백 지음

북랩 book Lab

당신은 특별하고 소중한 분입니다

_____ 님께

_____ 드림

첫머리에

모든 생물체가 그렇겠지만 나 역시 아무 영문도 모르고 이 세상에 태어났다. 눈부시어 눈을 뜰 수 없었고, 첫울음을 터트리며 삶이 시작되었다.

삶이 시작되면서 밤과 낮처럼 인생도 명암明暗이 교차되기 시작했다. 걷기 시작하며 돌밭에 넘어지고 자빠지고 부딪치면서 내 몫의 삶을 살기 위해 헤매고, 또 앞서가기 위해 경쟁하고, 잘되기 위해 시기심을 드러내기도 했다.

가장 소중한 자성自性을 팽개치고 끝없는 욕심과 성내고 어리석은 명예욕으로 스스로를 괴롭게도 했다.

삶은 나아가려는 노력도 중요하지만 자신의 자리에서 본분을 지키는 것도 중요했다. 아버지의 가르침이었던 모든 일은 때를 놓치지 말고 그때그때 활용해야 된다는 용시용활用時用活은 내 인생의 큰 지침이었다.

세월 속에 자연도 고저강약이 순환되듯이 나의 삶도 우여곡절이 많았지만 오늘보다는 내일이 좋아질 것이라는 믿음이 이렇게 한 생을 살게 한 것 같다.

그리고 사람이나 사물에 대한 이해理解가 깊어질수록 미움과 괴로움이 없어지고 편안해지는 평상심平常心을 유지할 수 있었다.

두루 경험하고 부딪치고 나니 제행무상諸行無常을 느끼고 사람의 한계와 나의 의지와는 관계없이 돌아갈 곳이 정해져 있다는 숙명을 알 수 있게 되었다.

호주에 갔을 때 관광 상품으로 양羊털 깎는 것을 본 적이 있다. 알몸이 되어도 부끄러움 없이 순종하는 양을 보면서 많은 생각을 하게 되었다. 자신의 운명을 사랑하라는 아모르파티, 운명애運命愛! 따지고 보면 양은 자신의 몸과 털과 젖을 다 나눠주고 가지만 양의 부드럽고 따뜻함을 기억하는 사람이 없다. 작은 힘이었지만 아파하는 사람들의 위로가 되려고 노력했던 한평생이었다.

한 줄의 글이라도 양처럼 따뜻하고 부드럽게 누군가의 기억에 온기로 남을 수 있다면 참으로 족하겠다는 겸손치 못한 바람을 가지며 용기를 낸다.

2014년 시월 상달에 명성明性

차 례

기림사 까치집 / 지암

모두가 우러러 보는 저 소박함!

바람의 길을 막지 않고
세찬 비도 달래 보내는

까치집이 부럽네!
한평생 살아보니……!

까치집이
부럽네

인도에서는 50세의 나이를 '바나 프라스타(vānaprastha)'라고
하는데 이 말은 '산을 바라보기 시작할 때'라는 뜻이다.

그런데 나는 주마간산走馬看山격이어서 산을 바라보며 깊이 생
각하고 관조하지 못했다. 이러던 내가 예순 일곱에 아파트로 이
사를 했는데 산을 마주보며 살게 되었다. 내가 사는 13층과 거의
같은 높이의 앞산이 있는데 산수화가 그려진 병풍을 펼쳐 놓은
것 같다.

편안하게 자리 잡고 있는 산! 여러 가지 풀과 나무들을 품고
늠름凜凜하게 묵묵히 있는 그 모습을 바라보게 되었다. 처음에는

그냥 산이 있나 보다 무심히 지내다가 시간이 지나면서 이모저모 관찰하게 되었는데 산자락 아카시 나무에 까치집이 있었다. 집에 앉아서 까치집이 두 개만 보여도 잘 산다는 말이 있는데 일곱 개나 보여서 잘 살 것 같은 기대감에 은근히 기분이 좋았다.

처음에는 단순하게 '까치집이 있구나!' 하는 생각만 했다. 그러다가 자주 바라보게 되고 가까이 가서 까치집 바로 밑에서 까치의 생활에 관심을 가지고 보게 되었다.

지금까지 까치의 삶을 관찰하지 못했기에 까치의 지혜를 알지 못하고 살아온 것이다. 까치가 소나무 등 침엽수나 잎이 푸른 사철나무에 집을 짓지 않고 낙엽송에만 집을 짓는 이유는 무엇일까? 추운 겨울 낙엽송은 잎이 떨어져서 가리는 것 없어 따뜻한 햇살을 바로 받지만 잎이 푸른 사철나무는 그늘 때문에 피하는 것 같다.

그리고 주위 큰 나무를 선택하는데 그 가장 높은 곳에 자리 잡지 않는 것은 독수리와 같은 날짐승과 뱀의 침범을 피하기 위해 적당한 높이를 선택한 것 같다.

집을 짓는 자리는 그 나무의 든든한 곳을 찾았는데 나무와 나뭇가지 사이 V자형이 맞물려 있는 곳을 선택했다. 이렇게 하는 것을 보면 까치도 틀림없이 의식이 있는 것 같다.

까치가 집 짓는 것도 신기하다. 잘 무너지지 않고 바람에도 끄떡없는 공법으로 지었는데 그 방법은 무엇일까? 어릴 적에 네모 모양의 집을 만들기 위해 나무 조각을 쌓아보면 살짝만 건드려도 와르르 무너졌다.

그러나 까치는 그 작은 입으로 나뭇가지를 물고와 엉기성기 쌓는 것 같은데 잘 무너지지 않는다. 강력본드를 사용하지 않는데도 한 덩어리가 되어 태풍에도 무너지지 않고 잘 견딘다. 강한 바람에는 두꺼운 합판이 무너지기 쉬운 반면 나무 위에 엉성하게 지은 까치집은 견뎌내고 있다. 까치집을 보면 그물망의 원리로 바람이 불면 덩어리바람을 가늘게 쪼개어 통과시키도록 하고 둥글게 한 것 역시 저항을 적게 받는 공법이다.

집짓는 기술을 가진 까치가 따로 있는 것일까? 이래라 저래라 조언하며 집짓는 전문가 까치도 없는 것 같은데 주어진 환경에서 본능적으로 짓는 것임에 틀림이 없다.

그런데도 겉으로 보기에 엉기성기 올려놓은 거친 나뭇가지 안

까치집이 부럽네

에는 부드러운 풀잎을 물어다놓고 거기에 자기의 털을 깔아서 융단 같이 부드러운 공간에 새끼를 낳아 기른다.

까치는 우리나라 텃새로 길조로 여겨져 민요나 민속에도 자주 등장하고 사람들이 친근하게 여긴다. 날씬한 몸매, 희소식 예견, 외유내강의 특징으로 인해 만인에게 환영을 상징하는 동물로 받아들여진다.

> 까치는 가치, 가티, 갓치, 가지라고도 하며 한자어로는 작鵲, 비박조飛駁鳥, 희작喜鵲, 건작乾鵲, 신녀神女, 추미甃尾 라고도 한다. 학명은 피카피카(Pica pica)이다.
>
> – 향토문화전자대전

까치는 고대부터 우리 민족과 친근한 야생 조류로 일찍부터 문헌에 등장한다. 『삼국사기三國史記』나 『삼국유사三國遺事』에 기록된 석탈해 신화에는 석탈해가 담긴 궤짝이 물위에 밀려오자 까치가 울면서 따라와 까치 작鵲 자의 일부를 떼어내고 석昔으로 성씨를 삼았다는 내용이 나온다.

민간에서는 까치가 인간과 가까이 머물며 반가운 사람이나 소식을 알리고, 부자가 되거나 벼슬을 할 수 있는 비방을 가진 새라고 믿고 있다. 그래서 까치를 죽이면 죄가 된다는 속신이 퍼져 있으며 아침에 까치가 울면 반가운 손님이 온다고 알려져 있다. 경기도, 충청도 등 중부 지방에서는 까치가 정월 열나흘 날 울면 수수가 잘 된다고 하고 까치가 물을 치면 날이 갠다고 한다. 또 까치집이 있는 나무 밑에 집을 지으면 부자가 된다는 속신도 있는데 까치가 액을 피하는 방향으로 집을 지어 문을 낸다는 믿음과도 관계가 있어 보인다.

나는 주거공간을 네 번이나 옮기면서 살았는데 사는 곳마다 영원하지도 까치집처럼 자연친화적이지도 않은 공간이었다. 집을 짓기에는 어린 나이였지만 열일곱 살에 아버지를 제외한 우리 가족이 살 집을 짓게 되었다.

살고 있던 집에서는 뚜렷한 원인도 없이 안절부절 못하고 밤에는 불안이 더해져 밖으로 뛰쳐나가게 되었다. 이러한 날이 계속되니까 이사 갈 곳이 마땅히 없어서 집을 짓게 된 것이다.

"죽을 것만 같아서 무작정 집짓기를 시작했고 살려는 마음이

까치집이 부럽네

너무 간절했기에 집을 지었다."

산에 가서 돌을 나르고 흙을 파고 짚을 섞어 미장일을 하는 데 뒷바라지하고 나무덩어리를 이리저리 잡아주고 옮기면서 목수의 일을 거들다 보니 어느 결에 집이 되었다.

흙과 돌 그리고 나무로 이루어진 초가삼간! 지붕에는 이엉을 덮었다. 살아있는 황토냄새며 나무에서 나오는 자연의 향기가 어우러지는 새집에 기분 좋게 살았지만 10여 년 만에 다른 곳으로 이사를 했는데 10년도 못 되어서 그 집은 흔적조차 없이 사라지고 말았다.

그 뒤 이사한 곳은 오래된 여관집이었다. 여기저기를 수리해보았지만 끝이 없었고 헌집이 새 집이 될 수 없었다. 한 번은 틈새로 연탄가스가 방안에 들어와 죽을 고비를 넘겼고 또 한 번은 태풍으로 지붕 전체가 날아가기도 했지만 열심히 노력하고 저축하니 돈이 마련되었다.

나는 환상 속의 그림 같은 호화주택에 살고 싶었다. 그래서 서른여덟 살에 진주 도심지에 서울의 유명한 건축사에게 설계를 받고 설계가 까다로워 서울 기술자를 동원하여 집을 짓기 시작하였다.

부산까지 가서 좋은 목재를 찾았다. 2층 계단에는 좋다는 느릅나뭇과에 속한 낙엽 활엽 교목인 귀목을 사용하고 계단 손잡이는 공예품 같이 가죽나무를 다듬어 붙이고 수입산 이태리타일이며 값비싼 마감재로 마무리했다. 그리고 집과 어울리게 모양 좋은 정원수도 심고 자연석도 군데군데 조화롭게 갖다놓고 황홀한 생활을 꿈꾸었다. 그 당시에는 그런 생활이 최고의 행복일 것이라고 생각했다.

처음에는 즐겁고 행복했다.

그러나 살수록 즐거움과 행복은 멀어지고 귀찮은 일들이 생겼다. 초가삼간에 살 때는 관리할 것도 없이 편안하게 살았는데 집이 크니까 관리가 힘들었다. 정원의 소나무는 1년에 몇 번씩 농약을 쳐야 하고 잔디밭에는 잡풀을 뽑아야 했다.

이 세상에서 변하지 않는 것이 딱 하나 있다고 하는데 그것은 '모든 것은 변한다'는 것이다. 백년대계 자손대대로 행복을 이어줄 것이라고 공들여 지었지만 28년 만에 그 꿈같은 집을 팔고 아파트로 이사를 하게 되었다. 그 멋지고 정성들인 집을 매입한 사람은 순식간에 무너뜨리고 원룸을 지어서 이제 그 정성들인 집 형태를 찾아 볼 수가 없다.

허전함 속에 무상함을 느꼈다.

까치는 봄부터 피어나는 새싹의 기氣를 받고 활기를 찾는다. 그야말로 웰빙이다.

산들 바람이 불면 엄마가 젖 먹는 아기를 안고 흔들어 주듯이 나무가 살살 흔들리는 둥지에 살며 여름철에는 잔잔한 바람이라도 나뭇잎들이 부채질을 해서 녹색 기운을 온몸에 받는다. 겨울에는 가족과 함께 둥지 안에서 체온과 사랑을 나누며 눈빛과 몸짓으로 기대면서 욕심 없이 살아가고 있다.

초가삼간도 지어보고 헌 집을 구석구석 수리해가면서 살아보고 호화주택을 지어 살아보다가 아파트로 이사를 했다. 베란다에 여러 가지 화분을 갖다놓고 물을 주며 자연을 꾸며보지만 눈요기에 지나지 않는다.

까치는 삶의 필요에 근거한 소박한 공간에 산다. 까치집은 칸막이 없이 방 하나로 된 가옥 구조로 되어 있다. 집을 가지고 잘난 척 뽐내지도 않고 투기도 하지 않으며 한평생 호화주택도 고층빌딩도 짓지 않는다.

사람은 어떠한가. 방의 개수가 많을수록 부자라고 하고 그 방마다 욕망으로 필요 없는 물건을 가득 쌓아 두고 산다.

사람이 이 세상을 떠날 때 자기가 생활하던 공간을 가지고 가는 것도 아니다. 자연 속에서 욕심 없이 자유롭고 편안하게 살다가 주위를 성가시게 하지 않고 삶에 꼭 필요한 작은 공간만 차지하고 살다가 자연스럽게 돌려주고 미련 없이 가볍게 떠나는 까치의 일생이 부럽다.

까치집이 부럽네

인생은 한 방에
가기 쉽다

작약 / 지암

평소 내가 존경하는 K변호사는 "사람들은 자신의 인생을 한 방에 가게 하기 위해 어리석게 많은 노력을 한다"고 했다. 이 분은 변호사라는 직업에서 쌓은 풍부하고 다양한 지식 그리고 경험과 경륜으로 늘 재치 있고 순발력도 뛰어나고 기억력도 좋고 뇌의 움직임이 예민한 분이다.

어느 날 함께 점심을 먹다가 경기도 이천에 가보니 식당에 손님이 많아 3시간 정도 기다렸다가 겨우 밥을 먹었다고 했다. 나는 무의식중에 "남원에 가면 6개월 전에 예약해야 식사할 수 있다고 합니다." 하고 말을 이어 받았다.

사실 이 말을 들은 것은 산청에서 장아찌를 담그고 인터넷으로 전국에 판매하는 먼 쪽 제수한테서 들은 이야기를 확인도 없이 불쑥 한 것이다.

말이 끝나기도 전에 K변호사가 말했다.

"무슨 식당인데……? 6시간도 아니고 6개월을 기다리는 식당이 어디 있노? 니가 나를 깔아뭉개려고, 한 번 놀려보려고 하는 말 아니가!"

듣고 보니 내가 한 말이 이치와 사리에 맞지 않는 것이었다.

까치집이 부럽네

떠들썩하게 웃고 넘어간 일이지만 빈틈없는 논리로 즉석에서 반격한다.

그분의 잠재의식 속에 '직업이 있었다.'

"인생은 의외로 한 방에 가기 위해 어리석게 노력을 많이 한다."

지난날을 떠올리게 하며 경각심을 주는 말이었다.

한약방을 개업하고 5년이 지나니까 저축이 되기 시작했다. 돈이 없을 때는 악착같은 마음이 있었고 조금 저축이 되니까 가만있지 못하고 어딘가 투자를 하고 싶어서 들뜨는 마음이 생겼다.

이 세상에서 살아있든 죽어있든 움직이든 움직이지 않든 모든 것은 자기 특유의 냄새를 가지고 있다. 소나 염소의 냄새도 다르며 배추밭 무밭의 냄새도 다르며 종이도 종류에 따라 냄새가 다르다.

또한 그 냄새에 따라 찾아드는 것 역시 다르다. 나비는 꽃향기를 맡고 꽃을 찾지만, 땀을 흘리며 논을 매는 농부에게는 쇠파리, 모기가 냄새를 맡고 찾아와 귀찮게 한다.

'돈'에도 냄새가 날까? 아니면 어림짐작으로 찾아왔을까?

나보다 다섯 살이 많은 길 건너 앞집의 S씨가 찾아왔다. S씨는 남해에서 대규모로 백합양식업을 하는데 돈을 많이 벌어 부자로 살고 있었다. 그 지역은 청정지역으로 백합, 꼬막 양식을 하였고 1970년경에는 양식한 대부분의 수산물을 일본으로 수출하였다. 수산물을 채취하여 수출할 때에는 마대에 돈을 넣어 어깨에 메고 다니는 것을 보면 '어떻게 저렇게 돈을 많이 벌까?' 호기심이 생기고 부러웠다. S씨는 내게 투자를 권했다.

부러워하는 중에 찾아 왔으니 마음이 동요되었다. 종패를 뿌리고 나서 2년 만에 채취하는데 종패가격과 판매할 때까지 관리비와 각종 경비를 제하고 투자액의 약 20배 정도 수익을 올린다고 했다. 세상에 이런 큰돈을 버는 사업도 있는데 내가 운영하는 약방은 초라했다.

'5천만 원 투자하면 2년 뒤에 10억.'

욕심이 생기면서 가슴이 설레고 흥분이 되어 잠을 설치게 되었다. 그리고 밥 먹을 때나 환자를 앞에 두고 상담을 할 때도 백합양식사업 생각이 머리를 떠나지 않았다. 밤이 되어 누워있으면 마치 돈이 내 손에 들어온 것처럼 빌딩을 그려보기도 하고 고급 승용차가 눈앞에 아롱거리며 멋진 생활을 상상하였다.

이와 같이 생각하면 마냥 행복해야 하는데 한편으로 머리가 복잡해지고 혼란스러워서 편하지 않았다. 이렇게 되면 양식을 해 본 경험자에게 자문이라도 받아야 하는데 이 좋은 정보를 누가 알까 봐 숨기고 싶었다. 숨기고 있으니 대책 없이 마음이 혼란스럽고 더 불안했다. 불안하기만 한 것이 아니고 잡다한 생각들이 꼬리를 물고 일어났다.

이런 와중에 '송충이가 갈잎을 먹으면 죽는다.'는 말이 뇌리를 스쳤다. '죽는다'라는 단어가 너무 강렬하여 스스로 두려웠다.

당시 그 생각에 빠져 있을 때에는 누가 말려도 듣지 않았을 것이다.

담뱃불은 한 방울의 물로 끌 수가 있고 모닥불은 한 바가지 물로 끌 수가 있지만 가슴에 타는 욕망의 불은 바닷물을 다 끌어 들여도 끌 수가 없다. 그러나 강한 욕망을 꺾는 것은 더 강한 생명감을 생각할 때이다.

'암이 흡연을 고친다.'는 말이 있다. 간경화증으로 약방에 오는 환자가 있었다. 약을 지어주면서 술 마시면 안 된다고 간곡하게 주의시키고 대답을 들어도 오래된 습관과 중독 때문에 끊지를 못했다. 이럴 때 정색해서 "술 먹으면 죽습니다."라고 말하면 끊는 경우가 있다.

그때 나도 '죽는다'라는 생각이 뇌리를 스치며 생각을 바꾸게 된 것이다. 그런데 이상하게도 무거웠던 머리도 조금 가벼워지는 느낌이고 불안한 마음도 진정되는 느낌이었다.

약방에서 가까운 곳에 바다가 있었다. 들물 때나 날물 때 바다를 보았는데 날물 때는 갯가 일부가 보여 돌 틈새 고동이나 굴이 붙어 있지만 들물이 만조를 이룰 때는 시퍼런 바다 밑을 볼 수가 없다. 육지에서 눈앞에 보이는 한 치 앞의 조그마한 일들도 마음대로 욕심대로 뜻대로 할 수가 없다. 그런데 감히 감당할 수 없는 보이지 않는 무한한 힘, 지구를 누르고 있는 망망대해를 어떻게 알고 투자를 한단 말인가?

그제야 마음을 사리게 되었다. 이 핑계 저 핑계를 대며 S씨에게 투자를 못하겠다고 했다. 그런데 귀중한 물건을 잃어버린 것

까치집이 부럽네

처럼 허전했고 S씨에 대한 관심과 미련을 버리지 못하고 있었다.

'좋은 기회를 놓친 것은 아닐까?'

'성급하게 결정한 것은 아닌가?'

올바른 마음을 갖고 살아야 하는데 욕심이 혼란을 일으켰다.

2년이란 세월이 흘렀고 백합을 채취하는 시기가 다가오는데 S 씨의 사업에 마음이 집중되면서 안정이 되지 않았다.

그런데 이게 웬일인가! 백합은 음력 10월 초 무렵에 채취하는데 불과 3개월 앞둔 7월 중순에 백합이 다 죽었다.

적조 때문이었다. 적조의 발생원인은 강렬한 태양열로 물 표면의 온도가 상승한 경우, 폭우나 장마 등으로 담수가 유입되어 유무기질이 크게 증가한 경우, 물이 흐르지 못해 혼합이 저하된 경우 그리고 도시의 생활하수로 인한 오염 등인데 이 적조가 하필 그 백합양식장을 덮친 것이다.

현장에 가보고 온 사람의 말로는 목련꽃이 땅바닥에 떨어져 있는 것처럼 백합이 벌어져 하얀 속살을 드러내고 있었는데 썩는 냄새가 코를 찔렀다고 했다. 이 말을 듣는 순간 소름이 끼치고 아찔하면서 한편으로 다행이라는 생각이 들었다.

S씨는 이 일을 만회하기 위해 전력을 다했다. 고향에 사두었던 논밭을 팔고 친인척들에게 돈을 빌려서 재투자를 했다. 희망을 갖고 재투자한 것이 또 실패했다. 그것을 만회하기 위해 살고 있던 집도 팔고 돈이 될 만한 것은 전부 팔아 세 번째 투자를 했지만 연달아 실패하여 가산을 탕진하고 말았다.

사업을 하다보면 실패할 수 있다. 그러나 인생 전부를 실패하도록 해서는 안 된다. 부도 낸 사람이 가족과 헤어지고 노숙자 신세가 되었을 때 지난 일들을 뒤돌아보며 '아, 그때 십분의 일이라도 남겨두었어야 하는데'라는 마음이 들지 않게 평상심을 가지고 살아야 한다.

진주로 이사 와서도 내로라하는 건설회장들을 만나봤지만 잘된다는 사업이 몇 년 지나지 않아 어디로 사라졌는지 알 수가 없는 경우도 많이 보았다. 우리나라에서 손꼽히던 재벌회장들도 파산하거나 비리에 연루되어 검찰에 출두하는 과정을 보면 휠체어를 타고 모자와 마스크는 기본이고 환자침대에 누워 링거를 팔뚝에 꽂고 수염을 깎지 않은 중환자의 모습으로 법정으로 들어가는 모습을 종종 보았다. 얼마 전 브라질 바티스타 EBX 그룹

회장의 재산이 36조兆 원에 육박했다가 한순간에 마이너스 11억 달러가 되었다는 기사를 읽은 적이 있다. 세계적으로는 말할 것도 없고 우리 주위에서도 흔히 보는 일들이다.

이 모두가 자기 자신이 만들어낸 결과이다. 탐욕貪慾이 과過할수록 쓰러질 확률이 높다. 욕심에 눈이 멀어 제정신을 잃는 환상幻想을 버리고 한 방에 가지 않기 위해 인생은 차근차근 착실하게 살아야만 한다.

여유와
칠푼바보

까치집이 부럽네

무주에서 / 지암

"스님, 요즘 어떻게 지내고 계십니까?"

"나는 칠푼바보로 살고 있소."

고향은 경남 남해이고 본관은 성주星州로서 나의 종친 되시는 법산法山 스님의 짤막한 대답이지만 의미가 깊은 법문이다.

동국대학교 교수이자 정각원 원장으로 재임할 때 진주에서 그분을 만난 일화를 소개한다.

"칠푼바보가 무슨 뜻입니까?"

"옛날에는 부엌에서 사용할 물을 길어다 나르는 수단으로 막대기 양쪽 끝에 물동이를 달고 어깨에 메고 다녔다. 우물은 멀고 생활용수와 식수가 많이 필요하기 때문에 아낙네들이 머리에 이고 다니는 것은 부족해서 물 긷는 일은 주로 남자들의 몫이었다.

이럴 때 한 바가지라도 더 욕심을 내어 물동이에 물을 가득 담고 어깨에 메고 오면 오르막길이나 내리막길에 흔들려서 물을 쏟기 쉽다. 우연히 아낙네가 물벼락을 맞게 되면 '눈을 감고 다니느냐? 눈을 뜨고 다니느냐?' 하고 질책을 받는다. 속으로 '미친놈같이 덤벙거리기는……' 한다.

　　　　　　　　　　　　　까치집이 부럽네

고무신 / 지암

그러나 70% 정도 물을 물동이에 담고 거기에 바가지를 덮어 메고 오면 오르막길이나 내리막길에 물 한 방울 쏟지 않고 부엌까지 와서 온전하게 붓는다.

나도 이와 같이 칠푼바보로 살고 있소. 그러나 내년에는 1푼 올려서 팔푼 바보로 살고 싶소."

법산 스님의 여유 있게 살아가는 말씀이었다. 나도 쏟을 때가 있었다.

아내가 외출하고 없을 때 냉장고 문을 열고 반찬그릇을 하나씩 식탁에 꺼내 식탁에 올려놓아야 하는데 두 개를 포개어 꺼내다가 위에 얹힌 그릇이 미끄러져 바닥에 떨어지면서 깨지고 음식은 쏟아져서 난장판이 되어 먹지 못하고 쓰레기통에 넣어버린 적이 있다. 난장판이 된 음식을 치우면서 쓱쓱 비질을 할 수도 없고, 행주로 닦으면서 밥맛이 떨어지고 밥이 먹기 싫을 정도로 귀찮았다.

일상생활에서 바쁘거나 서두르다 보면 실수를 하기 쉽다. 『논어』의 과유불급過猶不及이란 말이 딱 맞는 말이다. 지나친 것은 미치지 못한 것과 같다. 공자는 지나치지도 않고 부족하지도 않은 적절한 상태를 가리켜 중용中庸이라 하며 중용을 강조하셨다. 물을 쏟은 일도 반찬그릇을 깨고 못 먹었던 일도 과유불급이며 중용을 지키지 못한 것이다.

더운 여름철 땀을 많이 흘리고 난 뒤 갈증이 날 때 한 사발의 물은 약이 될 수 있지만 서너 사발의 물을 마시면 배탈이 날 수 있다.

사람은 태어나면 평생토록 먹을 양이 정해져 있는데 정해져 있는 양을 빨리 다 먹으면 빨리 죽고 적게 먹고 천천히 먹으면 오래 산다는 말이 있다. 이치가 그럴 법한 말이다.

위장병으로 오래 고생한 적이 있다. 어려운 형편이었던 청소년 시절 꽁보리밥에 김치와 된장국만 먹다가 쌀밥이나 고기반찬이며 떡이 생기는 날이면 남기지 않고 욕심껏 배를 채웠기 때문이다. 허겁지겁 맛있게 먹었지만 배가 거북하고 아프기 시작하며 심하면 토하거나 설사를 한다. 며칠 동안 죽을 먹고 소화제를 먹고 나면 편안해지는데 또 배고프게 살다가 색다른 음식이 생기면 또 허겁지겁 먹어치우며 습관적으로 되풀이하고 만다. 배부르게 먹고 못 견디게 아팠던 경험을 떠올리면서도 식탐과 습관을 자제하지 못했다.

위장병으로 오는 환자 대부분이 식탐과 습관성으로 음식조절을 못해서 병이 낫지 않고 재발한다. 종이에 기름이 배이면 뽑아내기가 어렵듯이 나 역시 훈습薰習에 젖어있어서 힘들었다. 음식 먹을 때 위장에 70%만 채우면 위장병이 생기지 않는다. 음식을 조절하는 데 안간힘을 다해 위장병을 완치했다. 공자의 중용철학이 위장을 다스리는 데도 좋은 교훈이다.

그런데 법산 스님의 칠푼바보 법문에는 겸손謙遜과 하심下心이 있다.

대선 전에 박근혜 대통령후보를 두고 정치지도자 일부가 칠푼이라고해서 언론에 오르내린 일이 있다. 그 시기에 박근혜 후보는 가천대학교 특강에서 여성정치지도자의 자질과 관련해서 '목표와 뚝심'을 꼽았다. 뚜렷한 목표가 있을 때 어려움을 이겨낼 수 있고, 어려움이 닥쳤을 때 극복하기 위해 뚝심이 있어야 한다고 했다.

박근혜 대통령에게 있어서 부친 박정희 대통령은 생물학적 부녀지간을 넘어 정신적인 스승이기도 할 것이다. 사심 없이 국가

까치집이 부럽네

발전에 혼신을 바쳤던 부친을 보며 자란 딸은 부친에 대한 자부심이 컸을 것이다.

행복한 나라를 실현하기 위해 어떤 조소나 시련이 있다고 해도 흔들리지 않고 오직 국민만을 믿고 의지하며 그 길을 묵묵히 나아갈 것이다.

전前 문화재청장 유홍준님은 '아는 것만큼 볼 수 있다'고 했는데 일부 정치지도자가 제대로 보지 못한 것은 아닐까?

사천서포에서 살던 집은 좁은 길옆에 있어서 두 사람이 겨우 비껴 다닐 수 있었다.

어느 날 서포면 부면장을 지내셨던 K면장님이 소낙비를 맞고 천천히 걸어 오셨다. 집에 도착할 무렵에는 소낙비가 지나가고 있었는데 서류봉투를 이마에 대고 평소와 같은 걸음으로 오셨다.

"면장님! 소낙비 오는데 빨리 달려오시지 않고 왜 그렇게 천천히 오십니까?"

"소낙비 오는데 달리면 비를 많이 맞는 법일세. 눈에만 비가 들어가지 않으면 되지."

마루에 걸터앉았을 때는 이미 비가 멎었고 손수건으로 얼굴을 닦으셨다.

소낙비는 아침을 넘기지 않고 말 등을 다툰다는 옛말이 있다. 촉촉이 내리는 비는 넓은 대지를 오래도록 내려 적시지만 소낙비는 벼락같이 잠깐 내린다.

K면장님은 허허벌판의 길을 오다가 소낙비를 만났으니 피할 곳도 없고 잠깐 스치는 비이기에 달려봐야 소용없는 줄 아셨던 것이다.

주위 사람들의 말에 의하면 평소 달리는 것을 본 사람이 없을 정도로 서두르지 않고 조급함이 없었다. K면장님이야말로 겸손과 여유로움으로 사신 분이라 여겨진다.

진제眞際 종정宗正스님 법어法語 중에 "큰 지혜를 가진 이는 어리석어 보이나 사람들이 헤아리지 못함이요."라는 구절이 있다. '호랑이는 그려도 뼈는 그리기 어렵고, 사람은 알되 마음을 알지 못한다.'는 속담도 있다.

삶의 모든 일들을 함부로 자신의 자로 재고 평가할 일은 아니다. 칠푼 바보의 여유를 헤아릴 줄 아는 지혜가 필요하다.

까치집이 부럽네

인생을
돌담장 쌓듯이

돌담장 / 지암

"인생은 돌담장을 잘 쌓는 사람처럼 살아야 한다."

한의학韓醫學을 가르쳐주신 스승께서 하신 말씀이다.

틀에 찍혀 나오는 벽돌이나 블록을 쌓고 바르는 미장일도, 석수石手가 모서리만 조금씩 깎아 경치 돌을 놓는 것도, 조경기사가 자연석을 여유 있게 놓고 사이에 영산홍 같은 나무를 심어 조화를 이루도록 하는 작업도 기술이라고 할 수 있다.

그런데 돌만 가지고 쌓는 담장은 다르다. 오래된 시골이나 민속촌에서 가끔 돌담장을 쌓은 것을 보면 크기도 모양도 천차만별 다른 것을 볼 수 있다. 그 모습이 꼭 화가가 그린 그림같이 조예가 깊은 예술작품이라 할 만하다.

이렇게 멋지게 담장을 쌓기 위해서는 오랫동안 습관적인 기술만 연마한다고 되는 것이 아니다. 거기에 혼魂을 다하는 정신이 깃들지 않고는 불가능한 일이다.

담장을 잘 쌓는 사람은 돌을 버리지 않고 적재적소에 멋지게 쌓는데 잘 못 쌓는 사람은 좋은 돌만 가려 쌓다보니 많은 돌을 버린다고 한다. 돌담

까치집이 부럽네

장을 쌓을 때 세월이 가고 서로 의지하면서 단단
해지는 것처럼 인생 또한 서로 보살피고 도와주고
의지하면서 관계가 단단해지는 것이다.

경남한약협회 회장직을 맡으면서 중앙회 당연직 이사가 되어
회의에 참석하게 되면서 자연적으로 전국회원들의 동정도 알게
되었다.

여기에서는 동종업계에서 인생의 담장을 잘 쌓은 두 분, Y선생
과 K선생을 소개하려고 한다.

대의원총회에서 대한한약협회 회장과 대의원총회 의장을 선출
하는 데 참석하여 대의원의장 선출 직전에 평소에 존경하는 Y선
생을 추천하여 당선되도록 한 것이 계기가 되어 나와 그는 가까
운 사이가 되었다.

회원들 중에는 우리 사회의 귀감이 되는 분들이 많았지만 그분
의 삶은 그중에서도 특별했다. 인생의 담장을 잘 쌓는 것은 '주어
진 여건 속에서 베풀면서 살아가는 것'이었다.

Y선생은 전북 전주시에서 동화당 한약방을 운영하고 있다. Y선

생이 설립한 재단에서 전국한약학술대회를 개최했을 때 가보았고 총회 의장직을 수행할 때 임원으로 참석하여 면면을 더 자세히 보았으며 선생의 자서전을 읽어보고 더 깊은 감명과 감동을 받았다.

선생은 전북 순창의 가난한 집안에서 태어나 5세 때 소아마비에 걸려 양쪽 다리를 못 쓰고 앉은뱅이가 되었다.

어린 시절에는 산 속에 버리라는 말을 여러 번 듣고 컸다. 지옥을 경험하지 않았기에 비교할 수 없지만 청소년기는 지옥이 그러했을 것이라고 한다. 당시의 모든 환경이 꼭 죽을 수밖에 없는 환경이었는데 죽지 않고 살았다는 것이 비정상이었다. 한쪽 발이라도 성했으면 목발이라도 짚고 다니기라도 하겠지만 그렇지도 못하니 주저앉아 한의학에 전력을 다했다고 한다.

불행한 운명인 '소아마비'로 인해 평생 동안 심신心身이 불편한 생활을 해야 하니 부끄럽고 죄지은 것 같은 생각으로, 전생에 지은 죄를 소멸하지 못하고 이 생生에 죄 값을 받는 것 같은 죄책감으로 살면서 육체의 장애는 바꿀 수 없지만 삶의 의미를 찾기 위해 죽기 아니면 살기로 발버둥 치다가 무허가 한약방을 개업하였는데 고발을 당하여 약재와 저울을 압수당하고 경찰서에 업혀가 조사를 받기도 했다고 한다.

이러한 과정에서 명의라는 소문이 나고 두 칸짜리 방을 빌려 무허가 영업을 하던 끝에 주인집 딸과 인연을 맺었다. 그리고 한 맺힌 삶, 꿈에 그리던 한약업사 시험에 합격하고 개업하면서 여러 갈래의 크고 작은 시도가 뿌리를 내리기 시작했다.

어느 날 선생이 지난날을 생각하며 눈을 감고 있는데 부인이 남편이 자고 있는 줄 알고 남편의 다리를 어루만지면서 울더라고 한다.

'장애인인 나와 결혼생활이 얼마나 힘들고 괴로울까? 그리고 얼마나 후회하면서 마음 깊이 아픔을 담고 살고 있을까?'

생각할수록 가슴이 찢어질 것 같았다고 했다.

Y선생은 그런 불행 속에서도 고서古書를 보는 취미로 수집한 5만 권의 책을 대부분 읽을 수가 있어 다행이었고 자신의 장애를 보살펴준 모든 분들과 사회에 고마움이 크다고 했다.

이러한 고마움을 보답하겠다는 큰 바위와 같은 의지와 열정으로 자신의 처지와 비슷한 장애인에게 꿈과 희망의 씨앗을 주고자 전라북도에서 규모가 큰 재활 초·중·고등학교를 설립하였다.

선생의 지금이 있기까지는 자기와 같은 처지인 장애인들을 외면할 수 없어서였다고 한다.

선생이 설립한 재활학교는 물론 지금도 불우한 이웃을 위해 끊임없는 베풂의 삶이 계속되고 있다. 불구의 몸으로도 남을 위한 봉사가 선생의 전부이다.

그리고 또 한 분 K선생! 나와 가까운 곳에서 생업도 같이 하고 모임도 같이 하여 종종 뵙는 K선생의 인생의 담장 쌓기이다.

진주에서 한약방을 운영하고 있는 K선생의 지론은 '약방에서 얻어지는 수입은 나의 돈이 아니고 더 힘들고 고통스러워하는 사람들에게 되돌려주라는 것이다'라고 했다. 왜냐하면 자신이 번 돈은 아프고 병든 사람들의 돈이기 때문에 더 아픈 사람들에게 베풀어야 된다는 것이다. 그는 이러한 베풂의 철학으로 하루하루 삶을 쌓아왔다.

'가진 것이 없으면 배울 수가 없고 배우지 않으면 어둠 속에 알밤 찾는 처지와 같다.'

까치집이 부럽네

K선생은 약방을 운영하면서 어려운 학생들에게 배움의 길을 열어주어야겠다는 발원發願을 세워 아낌없이 지원해주었다.

여기에 머무르지 않고 더 넓게 베풀려고 하는 대승적 마음으로 산다. 진주시 장대동에 사는 분이 약을 지으러 와서 K선생 이야기를 했다. 자기 이웃에 어렵게 사는 분이 있었는데 다른 사람들의 눈을 피하기 위해 K선생이 이른 아침에 금일봉을 전하는 것을 보았다고 한다. K선생 본인은 말하지 않지만 익명으로 거금을 기부한 것이며 어려운 이웃을 얼마나 찾아 도왔는지……

학생들 개개인에게 지원해주는 것에 만족하지 않고 아예 학교를 설립하여 더 많은 학생을 최대한 육성하고 지원하겠다는 포부는 현실이 되었다. 그리고 고등학교를 설립하셨다.

천신만고千辛萬苦의 노력으로 개교하는 날이었다. K선생을 축하하기 위해 재단 이사장실을 찾았는데 집기가 검소하게 갖추어진 넓지 않은 공간에 혼자 초라한 모습으로 앞으로의 계획을 설명했다. 일반 고등학교와 비슷하게 되려면 7~8년 정도 걸릴 것 같은데 그때가 되면 국가에 헌납할 것이라고 했다. 그 말을 정확하게 7년 만에 실천하는 것을 보았다. 학생은 물론이고 교사들에게도 정성을 들이고 격려한 결과였다.

청빈하게 살았던 선비나 꼭 필요한 것만 소유하는 무소유 정신으로 살았던 분들의 삶은 오늘날에도 귀감이 되고 있다.

전북의 Y선생과 진주의 K선생은 입은 양복이 닳고 색이 바랠 정도로 근검절약하고 성실하게 벌어서 올바른 삶을 실천하셨기에 경의를 표한다.

돌담장을 쌓은 것처럼 영원히 없어지지도 무너지지도 않는 인생의 담장은 선행善行으로 쌓는 것이다. 그들의 봉사의 삶에 비하면 작은 것에 집착한 내 삶은 보잘 것 없어서 부끄럽다.

부자 되는
머슴살이

1950년대 중반까지만 해도 머슴살이가 노년층과 청소년의 주된 직장이었다. 내가 살던 마을에도 농사를 많이 짓는 부잣집에는 상머슴, 중머슴, 꼴담살이(소년머슴)까지 두고 있었다.

입 하나가 울밑 논 서마지기보다 더 무섭다는 옛말이 있는데 가난한 집에는 사경私耕없이 의식주만 제공받는 조건으로 꼴담살이를 보내기도 하고 늙은 나이에도 형편이 어려우면 머슴을 살기도 했다.

상머슴과 중머슴은 사경연봉私耕年俸을 받을 때 들새경은 입가入家할 때 삼분의 일 정도 받고 날새경은 퇴가退家할 때 나머지 삼분의 이를 받는다.

그런데 머슴을 살아서 부자가 되는 사람이 있고 가난뱅이로 떠돌아다니는 사람이 있다. 부자가 되는 머슴은 주인을 정한 곳에서 옮기지 않고 자기일 같이 성실히 노력하는 사람이다. 그러나 이집 저집 떠돌아다니는 머슴은 늙어 죽을 때까지 장가도 못가고 죽고 나서도 몽달귀신으로 변하여 뭇사람들을 괴롭힌다.

이에 비해 머슴을 거느린 주인들은 위세를 부리면서 깨끗한 옷을 입고 이곳저곳으로 나들이가 잦은 편이다. 주인이 시장市場에 가면서 머슴을 불러 그날 할 일들을 시키고 가는데, 머슴은 해방된 마음으로 홀가분해진다.

바지게에 삽과 괭이 등을 넣고 밭으로 가서 밭 옆 나무그늘 밑에 지게를 기대어놓고 눈을 감았다 떴다 하면서 '오늘 주인영감은 시장에 가서 거나하게 잘 먹고 놀다가 올 것인데 나는 왜 이 모양이지' 하는 생각이 스친다.

점심때가 가까이 오면 대충 일을 하다 점심밥을 먹으러 간다. 점심밥을 먹고 사랑방에서 뒤척이다가 논으로 가서 하기 싫은 일을 하는데 건성으로 하는 습성이 몸에 배어 눈가림으로 한다.

이러한 버릇이 하루 이틀도 아니고 계속 이어진다. 그리고 주인이 시키는 말들이 잔소리로 들려 불평불만이 쌓인다. 이러한 머슴의 말과 행동은 대놓고 드러나지는 않지만 자기 자신의 얼굴에 스며있다.

주인은 그동안 한집에 살면서 머슴의 됨됨이를 모를 리가 없다.

처음에는 인내하면서 타이르고 고쳐보려고 노력해보지만 몸에 절어있는 습성은 고치기가 어렵다. '불쌍한 놈, 한심한 놈. 제 버릇 개 못 준다더니……' 하며 속으로 삭힌다.

불쌍한 중생을 제도할 수 있는 능력을 가진 부처님이나 아니면 사랑으로 보살펴서 회개시킬 수 있는 하나님이 아니기에 머슴을 다루는 일이 쉽지 않은 일이다. 주인은 싫증이 나고 정이 떨어진다. 머슴 역시 주인이 차갑게 대하는 감정을 느끼게 된다.

이러한 분위기가 계속되면 자연스럽게 1년을 채우지 못하고 보따리를 싸서 다른 곳을 찾는다.

머슴은 옮긴 곳도 중간에 들어가는 입장이다 보니 여건도 불리한데다 만족하지 못하고 몇 개월 살다가 다른 곳을 전전하며 돌아다녀보지만 마음 맞는 곳은 없고 헌옷 몇 가지 보따리만 달랑 남는다.

그러나 잘 살게 되는 머슴은 다르다.

주인이 있으나 없으나 고마운 마음으로 자기 일 같이 한다. 해가 저물어도 조금 남은 일은 다 끝내고 오며 집에 오면 부엌에 땔감도 보기 좋게 갖다놓고 물동이에 물도 채워준다. 그리고 마당에 빗질도 자주 하며 농기구에 흙도 깨끗이 털어내고 정리정돈하는 일들을 게을리 하지 않는다.

제대로 된 머슴은 주인한테 끌려 다니면서 일을 하는 것이 아니고 앞장서서 일을 찾고 살핀다. 주인은 머슴의 마음씀씀이와 행동에 감동을 받게 되고 따뜻한 정이 들면서 동정심이 생긴다.

마누라가 예쁘면 처갓집 울타리도 예뻐 보인다는 말이 있다. 정이 들면 하는 짓마다 예뻐 보이고 감싸주고 싶은 것이다. 주인은 남모르게 머슴을 살짝 불러 용돈도 주머니에 넣어주고 한 해 일 삯인 사경私耕을 줄 때 한 가마니 더 준다.

안주인은 바깥양반 모르게 쌀도 퍼주고 맛있는 음식이 생기면 챙겨주고 따뜻한 마음으로 옷가지도 챙겨준다. 주인 내외와 머슴은 이렇게 정이 든다. 머슴은 다른 곳으로 갈 생각도 없고 주인

까치집이 부럽네

역시 내보낼 마음이 티끌만큼도 없이 다정다감하게 한 집에서 10년이란 세월이 빠르게 흐른다.

끼니걱정 때문에 머슴살이하러 온 총각머슴은 장가도 들고 한 살림 차리게 된다. 머슴각시도 주인집에서 불러들여 일을 거들도록 하니 안팎으로 얻어먹고 저축이 되어 부자가 되는 것을 보았다.

사람이 심고 가꾼 과일 나무는 심어 가꾼 사람들에게 열매로 보은한다. 그런데 한 번 심어놓은 과일나무를 옮겨 심으면 몇 해 동안 뿌리를 내리지 못해 시들시들 고생한다.

이 과일 나무를 자주 옮기면 죽이기 십상이다. 심을 때 자리를 잘 잡고 한 자리에서 정성스레 가꾸면 잘 자라서 반드시 좋은 과일을 안겨준다.

100만 명의 팔로워를 거느린 소설가 이외수 씨는 젊은 회원들의 '어떻게 하면 성공할 수 있나요?'라는 질문에 트위터로 이렇게 답했다.

'존버정신을 잃지 않으면 됩니다.'

존버정신이란? 바로 '존나게 버티라'는 뜻이다. 처음 접했을 때는 농담 내지는 우스개로 생각했지만 그것이 아니었다.

내가 서포에 살 때 이웃 강 씨 노인이 머슴을 두고 살았다. 30리 밖에서 온 머슴도 40대 강 씨인데 둘은 촌수가 먼 종친 간이었다.

하루는 주인하고 머슴하고 옥신각신 사소한 다툼이 있었다. 주인이 시키는 대로 안하고 머슴 멋대로 했다는 것 때문인데 평소 머슴은 열심히 일했으며 이번 일은 견해 차이였다. 성질 급한 주인은 머슴에게 일을 그만두고 나가라고 했다. 강 씨 머슴은 이렇게 답했다.

"나는 먹고 살 길이 없어 여기 왔는데 다른 곳에 갈 수도 없고 못 가겠습니다. 앞으로는 시키는 대로 열심히 하겠습니다."

이 말을 들은 주인은 아무 말이 없었고 머슴은 5~6년을 살다가 동생에게 일을 넘기고 그만두었는데 머슴 강 씨의 말이 지금도 귓전에 생생하다.

언젠가 신문을 보니까 삼성그룹 부회장을 지낸 L씨는 30년 동

　　　　　　　　　　　　　　까치집이 부럽네

안 고향에 가보지 못했다고 했다. L씨는 주인의식을 가지고 열정과 혼신의 힘을 다해 오늘 날 삼성을 세계적인 기업이 되도록 노력했을 것이며 이로 인해 본인 역시 보람을 느꼈을 것이다.

수주작처隨主作處란 말이 있는데 젊었을 때는 그 의미를 깊이 새기지 못했다. 그런데 어느 날 조계종 총무원장을 지낸 송월주 스님이 TV에서 수주작처에 대해 구체적으로 법문하는 것이 가슴에 와 닿았다.

'수주작처란 자기가 있는 자리에서 스스로 주인이라는 마음과 행동으로 살아가야 된다'는 말이다.

주인이라는 마음을 갖고 행동하면 주인이 될 것이고 그저 시키면 일하는 사람은 일꾼 밖에는 될 수 없다. 주인이라는 마음으로 일하면 즐거울 것이고 시키는 대로 하면 매사 괴롭다.

즐거운 일은 발전할 수 있지만 괴롭게 하는 일은 몸을 상하게 한다. 어느 직장도 마찬가지로 주인의식을 갖고 일하면 윗사람이 이끌어 줄 것이고 아랫사람은 따를 것이다. 삶은 작은 것부터 시작하면 더 큰 것이 따라오는 것이다.

가난뱅이로 생을 마치는 것은 남이 만든 것이 아니며 잘 살아

보고 떠나는 것도 남이 만든 것은 아니다. 그 직책에 머물러 있다가 퇴직하는 것도 승진했다가 명예롭게 물러나는 것도 자기가 한 일이다.

불가에서는 근기根氣를 말한다. 처마에서 떨어지는 물방울이 단단한 돌을 뚫는 것은 한결같이 변함없이 그곳에 집중해서 떨어지는 결과이다. 근根은 어떤 것의 근본이 되는 힘을 말하며 기氣란 발동한다는 뜻이다.

외부의 유혹이 들어올 때 과감하게 이기며 생활하는 것이 중요하다. 그것이 안 되면 갈등의 요인이 많지만 그래도 그것을 이겨내는 것이 중요하다. 그래서 외길 인생이 존중받게 되는 것이다.

까치집이 부럽네

자유산악회와
나그네설움

생각은 자유 / 지암

짝수 달에 한 번씩 가는 자유산악회 등산과 산악회에서 해마다 4월 넷째 주 일요일에 산신제를 지내는 날은 기다려지는 날이다. 경남 남해군에 위치한 망운산望雲山에서 산신제를 지낸다.

2008년 3월의 일이다. 산신제를 한 달 앞두고 이사회에서 총무 L님은 대학교수답게 일목요연하게 자료를 정리하여 완벽하게 회의를 진행하였다.

"회장님 인사말씀이 있겠습니다!"

회장을 맡고 있는 B님이 "앉아서 해도 되겠지요?" 하자 바로 옆에 있던 부회장 K님이 곧바로 "누워서 해도 됩니다." 했다.

순간 그 자리는 남해바다만 한 넓이의 웃음바다가 되었다.

누워서 인사말을 해도 된다는 뜻은 편안하게 하라는 뜻도 되겠지만 회장님에 대한 신뢰가 숨어있다.

B회장은 은빛백발이지만 얼굴은 동안童顔에 산사에서 도道를 닦다 내려온 노승老僧과 같은 모습으로 인사말씀이 그대로 설법說法이었다.

"다음 안건은 회장단 임기가 다 되었기에 새로운 회장단을 선출하도록 하겠습니다."

　　　　　　　　　까치집이 부럽네

회장님에게 누워서 인사말을 해도 된다던 K부회장은 이번에도 생각지도 못한 로마교황 선출방식을 제안했다. 굴뚝에 연기 나는 방식으로 하자는 것이다.

그 자리에 모인 사람 대부분 무슨 뜻인지 몰라 처음에는 어리둥절했는데 취지를 알게 되자 폭소가 터졌다. 산에 굴뚝이 있을 리도 없고, 18년이라는 긴 세월 동안 회장직을 맡아 잘 이끌어오셔서 다른 사람으로 대체할 수 없기에 종신회장으로 추대하자는 뜻이었다.

망운산에서 산신제를 지내는 데는 나름의 의미가 있다. 망운산은 백운산白雲山을 바라보고 있다. 백운산은 백두대간의 정기精氣가 이어져 있는 명산名山이다.

그런데 망운산과 백운산 사이에 광양만이 있어 백운산의 정기를 이어받지 못하고 안타깝게 묵묵히 바라만 보고 있다.

땅과 하늘은 마주보면서 서로 교감한다고 하는데 망운산이 그토록 백운산을 바라보는데 어찌 감응이 없을까?

백두대간의 서광瑞光을 주고받는다는 의미에서 산신제의 장소로 정한 것 같다. 그래서 의미가 깊다. 해발 786m 높이의 '망운산'.

산신제물은 회장 부인이 정성을 다해 마련한 것이다. 그런데 '유세차무자維歲次戊子……' 산신제축문山神祭祝文을 읽어 내려가면 고개만 숙이고 있다가 내용도 모르고 끝나는 경우가 많았다. 성경이나 불경도 뜻을 알고 기도해야 감응을 받는다고 하는데 그렇지 못해서 안타까웠다. 축문을 지어 읽던 분이 세상을 떠난 후 이사회에서 축문 작성 낭독을 K부회장에게 맡겼는데 쉽게 알아들을 수 있었다.

"지난 1년간 저희 산악회 회원들은 산신령님의 따뜻한 사랑에 힘입어 명산야名山野를 아무런 불편 없이 누비고 다녔습니다. 산신령님께서는 우리를 언제나 가엾어 하며 보살펴 주셨기에 온 정성精誠을 모아 조촐한 자리를 마련했습니다.

이곳 망운산을 비롯하여 각 곳의 산에 정을 쏟고 오르내리는 것은 산에서 자라고 있는 한 개의 나뭇잎에라도 하늘의 뜻이 가득 담겨있고 자연이 주는 진리는 영구불변하다는 사실을 터득하였기 때문입니다. 앞으로 저희들은 산이 없으면 산을 만들어서라도 산에 오른다는 굳은 신념信念과 산을 아끼고 가꾸겠다는 다짐을 하고 있습니다.

또한 금산錦山에 아무리 안개가 짙게 드리워도 보리암 법당에서 흘러나오는 목탁소리 막을 길 없고, 망운산에 내리는 빗줄기가 제아무리 굵다 해도 망운암 굴뚝에서 솟아오르는 연기 역시 막을 수 없는 것처럼 우리 산악회 회원들의 산사랑에 대한 집념만은 아무도 이를 짓밟지 못할 것입니다.

그런데 한 가지 드릴 소원所願은 여러 산신령님들께서 자리를 함께 할 기회가 있다면 우리 회원들이 그 산에 머물게 될 때 각별히 보살펴 주시도록 신령神靈을 교류해 주시기를 간절히 빕니다."

축문을 낭독하면 초헌관, 아헌관, 종헌관은 의식에 따라 예禮를 올리고 회원 일동은 삼배三拜를 한다.

20여 년 오랜 세월 동안 산신제를 좋은 자리에 정성스럽게 지내서일까. 험준한 산이라도 일행들은 무사했다.

산신제가 끝나고 나면 잔치가 벌어진다. 남해, 광양, 삼천포 앞바다까지 전경을 보며 자연의 웰빙필터를 통과한 맑고 깨끗한 공기 속에서 산을 오르고 허기진 속에다 남해바다에 나는 싱싱한

해산물과 술 한 잔을 곁들이면 도심에서는 느끼지 못하는 일품
일미—品—味의 맛을 본다.

하산하는 길은 올라왔던 길과 다르며 멀다. 배불리 먹고 거북
스럽지만 비탈길을 내려 오다보면 소화제가 따로 필요 없다.

관광버스로 남해미조 다리 밑 잔디밭으로 옮겨 산신제를 차렸
던 제물과 남은 음식으로 뒤풀이를 한다. '자유산악회'를 위한
건배와 흥을 돋우는 분위기로 다함께 한 판 어울린다.

그리고 차에 올라 음향기 반주에 맞추어 노래 부르면 사는 맛
이 나는, 1년을 기다렸던 만큼 즐거운 하루다. 2개월마다 정규산
행을 할 때도 재미가 있다.

오를 때는 힘들어도 정상에 서면 상쾌한 맛을 느끼는 것이 등
산일까? 흔히 '산을 탄다'라고 한다. 말을 탄다, 비행기·자동차·
배를 탄다고 한다.

'탄다'라는 것은 기분 좋게 가벼워짐을 나타내는
것이 아닐까?

까치집이 부럽네

정상에 오르면 언제나 준비한 산신제물을 차리고 회장님이 축원을 하는 데 무사안녕과 회원들 하는 일이 잘 되기를 빌며 산신령님께 예禮를 올린다. 그리고 고씨례高氏禮를 해야 한다고 하면서 회장님이 나더러 하라고 하신다.

고씨례(고수레)의 유래에 관해서는 세 가지 설화가 있다.

첫째는 곡식의 신은 고 씨高氏에서 비롯되었는데 고씨례가 고수레가 되었다는 설이고, 둘째는 고 씨네 부인이 죽어 들판에 묻혔는데 새참을 먹던 사람이 고 씨네도 먹으라고 음식을 떼어준 후 풍년이 들게 되었다는 설이며, 셋째는 고조선 때 고 씨高氏라는 신하가 있었는데 그는 환웅천왕에서 단군에 이르기까지 농사와 가축을 맡는 관리였으므로 죽은 후에도 그에게 먼저 음식을 먹게 했다는 설이다.

나는 다음과 같은 고씨례에 관한 이야기를 들은 적이 있다.

제주도에는 고高, 부浮, 양梁 이렇게 세 집안이 살고 있었는데 이 중 고 씨 가문이 가난하게 살았다고 한다. 그래서 부 씨, 양 씨 가문에서는 고 씨 가문을 도와주고 살았으며 명절이나 제삿날 때도 고 씨 선조들의 영혼들까지도 보살피는 마음으로 음식을 조금씩 떼어 놓았다고 한다.

이와 같은 이야기들을 종합해 보면 고씨레는 굶주리고 살아있는 사람에게는 물론 굶주린 신들에게도 먹을 것을 나누는 미풍양속이 아닐까 싶다. 이런 뜻에서 음식을 조금 떼어 '고씨레' 하면서 던진다.

그리고 함께 목욕을 한다. 등산으로 활력이 있고 노폐물을 씻고 나면 전신에 생기가 돌아 다들 혈색이 좋다.

차에 오르면 흥겨운 음악이 흐르고 양주에 맥주를 섞은 폭탄주를 제조하여 돌리는데 병원장이자 산악회장인 B님의 한 말씀.

"의사가 주는 것은 술이 아니고 약이다."

회장님의 애창곡은 백년설의 '나그네설움'이다.

오늘도 걷는 다 마는 정처 없는 이 발길

지나온 자욱마다 눈물 고였네

선창가 고동소리 옛 님이 그리워도

나그네 흐를 길은 한이 없어라

　　　　　　　까치집이 부럽네

노래에는 시대의 변천과 인생살이 모두가 담겨 있듯이 이 노래도 역사의 격변 속에서 눈물지을 날이 많았던 민족으로서의 한恨과 시대적 상황을 적절하게 표현하고 있다.

어찌 보면 서글픈 노래인 '나그네설움'을 어떻게 그토록 신나게 부를 수 있을까? 자유산악회 회장을 오랫동안 하면서 어느 누구도 가리지 않고 동행하며 건강을 다지고 즐거움을 함께 했으며, '나그네설움'의 가사처럼 눈물 나도록 힘들어 하는 사람들에게는 용기와 희망을 갖고 살아가도록 하기 위해 신의 경지로 '신나게' 노래를 부르는 B회장님의 모습이 눈에 선하다.

환자들의 아픔과 동행해야 하는 나의 삶에서 이러한 건강한 만남, 소통과 화합의 시간이 더욱 기다려진다.

양파심기 / 지암

나팔꽃과
고양이

나팔꽃 / 지암

까치집이 부럽네

우리 집 정원에는 정원수가 금목서, 은목서, 주목, 영산홍, 동백, 소나무가 조경사의 손길에 의해 조화롭게 다듬어져 있었다. 자복이 할머니는 귀여운 손자의 학교 숙제를 도와주기 위해 타원형으로 커다랗게 자란 은목서 옆에 깻묵과 퇴비를 섞어서 나팔꽃 씨를 심도록 했다. 나팔꽃이 자랄 때 대나무 막대기를 세워 두었더니 뻗어 올라가는 줄기가 자기 보호를 위해 감고 올라가지만 비바람에 쳐질까 봐 군데군데 끈을 묶어 주었다.

1m쯤 되는 막대기 끝에 올라갔을 때 은목서 쪽으로 다리를 놓았더니 나뭇잎에 붙어 여러 갈래로 뻗어 나가면서 은목서 한쪽 면을 덮었다.

나팔꽃이 꽃봉오리를 맺고 피기 시작했을 때 은목서는 화려한 꽃무늬 외투를 입은 것과 같았다. 나팔꽃 봉오리들은 시차를 두고 차례대로 피는데 그토록 아름다운 생명이 어찌 그리도 짧은지…… 내년에 다시 필 것이고 정말 죽는 것도 아닌데 나팔꽃 지는 모습을 보니 애달팠다. 세대를 잇는 유

전자가 또 비슷하게 나타나는 것을 보면 사람의
생명이라는 것도 이 꽃과 다르지 않을 것이다.

2011년 여름은 유난히 비가 많은 긴 장마였다. 그러던 어느 날
저녁 비가 계속 많이 내리고 있는데 초저녁부터 고양이는 집 주
위를 맴돌면서 처량하게 울고 있었다. 지난밤에 화장실 갈 때 듣
고 새벽에 또 들었으니 밤새도록 울고 다닌 것 같다.

아침에 비가 오지 않아 집 주위를 살펴서 고양이를 찾았더니
손자 자복이가 심은 나팔꽃 줄기가 뻗어 있는 은목서 나무 밑에
있었다. 나와 눈이 마주치자 소리를 내면서 경계를 하여 자세히
보니 새끼를 낳아 품고 있는데 새끼 고양이 발이 여러 개 보였다.

내가 조금 멀어지니까 어미 고양이는 드러눕고 새끼고양이들은
젖을 물고 머리로 어미 복부를 들이 받으면서 야단들이었다. 그런
데 어미 고양이의 뱃가죽은 홀쭉한 상태였고 젖꼭지가 보이는데
수분이 마른 산수유열매처럼 쪼글쪼글하였다. 어미의 새끼에 대
한 지극한 사랑은 사람이나 동물이나 다를 바 없었다. 어린 새끼
들에게 간절하게 먹이고 싶었지만 먹을 것이 없어 어미도 먹지 못

까치집이 부럽네

하고 젖이 나오지 않으니 비를 맞아가며 밤새도록 울며 먹이를 찾아 헤맨 모양이다.

아내는 어미고양이가 새끼를 보호하기 위해 본능적으로 사나운 소리를 내고 공격적이고 방어적인 몸짓을 해도 고양이의 딱한 사정을 알고 멸치와 국물을 먹을 수 있는 거리에 살며시 갖다 두었다. 이렇게 몇 번 반복하였더니 사람이 주는 친절한 맛을 본 고양이는 먹을 것을 가지고 가면 꼬리를 흔들면서 순해졌다. 길고양이가 집고양이로 바뀌는 과정이었다. 나무 밑에 숨어 다니며 사람을 경계하더니 경계를 풀고 차츰차츰 바깥으로 나와 현관 바로 앞에 자리 잡고 먹을 것을 갖다 주기를 기다렸다.

이렇게 팔자가 바뀐 고양이가 다용도실 천장이 투명한 유리로 되어 있는데 아내가 빨래를 하고 있을 때 천장에서 꼬리로 서너 번 치더란다. 며칠 전까지 피하던 고양이가 따라다니면서 고마움과 친근감을 표시하는 것이다.

어느 날은 현관 앞에서 새끼들끼리 장난치고 놀다가 한 마리가 손이 겨우 들어가는 유리창 틈새에서 빠져 나오지 못하고 발버둥치고 있었다. 어미 고양이는 하염없이 바라만 보고 있었는데 잡아 올려 주었더니 '야옹~' 하면서 꼬리를 흔들어 고마운 표시를 하고는 혀로 내어 새끼의 머리와 등을 핥고 새끼는 이리 뒹굴 저리 뒹굴 하고 있었다.

이렇게 정이 들었는데 얼마간 지나서 거실 앞 가까운 마당 잔디밭에 새끼 한 마리가 무슨 병인지 먹지 않고 힘없이 누워 있었다. 어미 고양이는 곁을 떠나지 않고 지키고 있었지만 속수무책인지 꼬리를 내리고 바라만 보고 있었다. 가까이 가서 만져 보고 이리보고 저리 보아도 증상을 알 수가 없었다. 힘없이 고개를 떨구고 있는데 파리 두 마리가 이마에 붙어 있어도 그것마저 쫓을 힘이 없는지 나를 물끄러미 바라보고 있다. 아내에게 부탁하여 멸치국물을 내고 죽을 만들어 옆에 갖다 두었지만 입만 조금 대어보고 그냥 누워 있다가 며칠 만에 눈을 감았다. 어미 고양이의 간호는 옆에서 혓바닥으로 핥아주고 바라보는 것이 전부였다.

사람들은 가족이 아프면 능동적으로 움직여 최선을 다하고 혹시 잘못되면 미련이 남아 원통해 하면서 울부짖는다. 그러나 고양이는 눈물을 흘리지 않았고 주위를 맴돌면서 '야옹' 소리만 연속으로 힘 없이 하였는데 정원수 밑에 묻어주는 것을 보고는 조

까치집이 부럽네

용해졌다.

우리도 이 지구에 잠시 태어나 살다가 사라져 버리는 것이 아니던가. 내년에도 나팔꽃이 피고 질 것이고 고양이는 어떤 환경일지라도 번식할 것이며 우리도 잠시 살다 사라지면 다시 다음 세대가 태어나는 것이 아닐까?

우리는 우리에게 오는 작은 괴로움 하나에 매달려 그 괴로움이 온 우주를 덮기라도 한 듯이, 영원히 끝나지 않을 고통이라도 되는 듯이 신음 소리를 낸다.

고통으로 괴로움으로 힘들어하기보다는 우리의 삶에서 꽃처럼 누군가를 한순간이라도 참 아름답게 설레게 하거나 고양이처럼 어떤 시련의 환경을 견디며 극복하기도 한 적이 있을 것이다. 그렇다면 그 삶은 가치 있는 삶이 아니겠는가?

나팔꽃도 소리 없이 자라서 아름다운 자태로 미련 없이 자신을 버렸다. 어미 고양이도 아무렇지도 않게 평상심을 잃지 않고 살아가고 있다. 하물며 사람임에랴. 우리는 우리에게 주어진 삶에서 매일 하는 일에 정성을 쏟고 매일 만나는 사람에 대하여 신의를 지키면서 자기의 도리를 다하고 직분을 수행하며 양심良心대로 성실한 삶을 사는 것이 진정 아름답게 사는 삶이 아닐까 싶다.

소나무와
칡넝쿨

곤양 차밭 / 지암

소나무는 하늘로 보고 자라고 칡은 땅으로 뻗어 자란다.

그런데 칡의 군락지에 가보면 칡넝쿨이 소나무나 밤나무의 낙엽송들을 덮쳐 탄소동화작용을 못하게 하면서 시들게 만들었고 길옆에는 대못같이 강인한 가시가 돋친 탱자나무가 있는데 여기에도 칡넝쿨이 올라가 위를 덮치고 있다.

탱자나무는 한쪽 면이 볕을 보고 있어서인지 아니면 잎의 역할을 가시가 하기 때문인지 살아서 치열한 싸움을 하는 것 같은데 위를 장악한 칡넝쿨은 아랑곳하지 않고 기세등등하며 탱자나무는 방어하는 입장으로 힘들어하면서 버티고 있다.

주말이면 집 가까이 있는 망진산望陣山으로 등산을 한다. 가좌산 쪽에서 망진산 정상까지 갔다 오면 한 시간 반 정도 소요되는 적당한 운동코스이다. 계절에 따라 나무와 풀들이 변하는 모습은 자연에 길들여지는 것일까? 아니면 스스로의 본능적인 행동일까? 자연 속에 만물의 삶들이 신비스럽다.

대지에 만물들은 자리를 차지하기 위해 그리고 번식을 위해 치열한 쟁탈전으로 어느 한 공간도 빈틈을 남겨두지 않고 꽉 차 있다. 수많은 사람들이 걸어 다니는 삭막한 보도블록 사이에도 무슨 풀들인지 밝히지 않을 정도의 낮은 자세로 모습을 드러낸다. 겨울 등산할 때는 길옆 군데군데 풀이 나지 않고 비어있는 곳도 있었는데 봄이 되면 땅 속에 숨어 있다가 올라오는지 아니면 날 아왔는지 빈틈을 남기지 않고 얽히고설킨다.

망진산望晉山은 진주를 바라본다고 이름을 지었을까? 정상에 서면 진주 시내를 볼 수 있고 개발 중인 초전동과 혁신도시에는 건설현장에 대형 크레인이 우뚝 서 있는 것을 볼 수 있다.

진양호에서 내려오는 남강 물줄기는 진주의 중심부를 돌고 돌아 굽이굽이 흐른다. 그 모양이 사람에게 건강한 체력을 갖도록 하는 활기찬 오장육부의 역할과도 같이 진주를 쾌적한 건강도시로 만들고 있다. 남강이 있는 진주와 남강이 없는 진주는 엄청나게 다를 것 같다. 남강이 있었기에 진주성이 있고 김시민 장군과 논개가 등장하여 유서 깊은 충절의 고장이라는 이름을 갖게 되었으며 우리나라 대표축제인 개천예술제가 열리는데 그 핵심인 유등축제는 남강이 없다면 불가능한 일이다.

전해오는 말에 따르면 풍수학자들이 진주를 돛단배로 비유한다고 한다. 마르지 않고 유유히 흐르는 남강이 있었기에 비봉산 아래 지리적 명당이 되었고 출항을 준비하는 돛단배가 있는 것 아니겠는가. 돛단배는 바람의 힘으로 움직여진다. 바람은 우리가 원하는 꿈에 이르게 한다. 진주는 이렇게 상서로운 바람이 모인 곳이 어서인지 큰 태풍이나 홍수 같은 재난이 없이 마음 편하게 살 수 있는 낙원 같은 곳이다.

늦은 봄날 망진산 등산길을 걷다가 아래를 보니까 칡의 군락지 인데 칡넝쿨이 그 일대를 덮쳐 점령하고 칡의 잎들이 전쟁에서 이긴 의기양양한 깃발처럼 무성하게 하늘을 바라보며 흔들거리 고 있다.

그 가운데 회색빛으로 죽은 소나무를 보았다. 소나무는 십장 생十長生 중의 하나인데 칡넝쿨에 못 이겨 죽은 것이다.

등산길을 가다보면 땅심이 깊은 곳에 서 있는 소나무는 무성하 게 자라 하늘을 가려주고 등줄기에 나는 땀을 솔바람으로 옷을 말려주면 상쾌한 기분이 온몸으로 스며든다. 그런데 흙은 씻겨 내려가고 뼈대만 남아있는 산봉우리의 소나무들을 보면 살아남 기 위해 몸부림을 얼마나 쳤는지 기구한 모양으로 변화되어 있 다. 그러나 이렇게 구불구불하고 삐뚤어지게 되어있어도 멋스럽게 보인다.

소나무의 단단한 껍질은 옛 장수들이 입고 싸운 철갑옷을 입은 것과 같고 잎은 외부침입을 막기 위해 가지에 무수하게 바늘을 꼽아놓은 것과 같이 완전하게 무장하였다.

그리고 솔씨를 보관하는 솔방울은 첨단과학이 만들어 낸 냉장고보다 더 안전하고 청정한 곳이다. 솔방울에 솔씨는 2년 동안 보호받고 있다가 인편鱗片이 벌어지면서 인연 따라 날아간다.

소나무의 뿌리에 기생하는 복령茯笭과 복신茯神은 사람 뇌 모양과 비슷하게 생겼는데 복령은 이뇨 및 신장에 효과가 좋고 복신은 정신신경에 좋다. 뇌와 비슷한 덩어리로 된 복신을 청정한 소나무 뿌리가 관통한 것은 복잡한 뇌신경을 맑게 하는 이학적理學的 이치로 신기할 따름이다.

이렇게 겸손하고 과묵하며 장엄하고 용감하게 서 있는 소나무는 우리 인간에게 이로움을 주므로 나무의 연꽃으로 비유하고 있다. 이러한 소나무가 한 방울의 수분 없이 회색빛으로 변하여 처참하게 서 있고 덮치고 있는 칡넝쿨은 푸른색으로 승리를 과시하고 있지 않는가?

중국 진秦나라 때 천하장수 항우項羽가 칡넝쿨에 걸려 넘어졌다는 이야기는 칡넝쿨의 위력을 뜻하기도 한다. 칡넝쿨은 숨어있는 강인함을 갖고 있다. 소나무는 몸뚱이가 굵고 뿌리는 작지만 칡뿌리는 팔뚝만한 반면 줄기는 손가락 정도로 가늘다.

그리고 뿌리는 깊게 파고 들어가며 전분으로 뭉쳐있어 생명력과 자생력이 강하게 무장되어 줄기가 뻗어나갈 때 마디가 땅에 닿아 뿌리 내리는 것을 보면 마디마디도 번식할 수 있는 강인함을 가졌다.

나의 선조를 모신 가족묘지가 약 600평 정도인데 묘를 쓰고 남은 세 개의 밭뙈기가 있다. 이곳 언덕에 잡초가 무성하여 밭으로 번져 들어오는 것을 호미로 감당하기가 어려워 잡초 죽이는 독성이 강한 농약인 '건삼'이를 뿌렸다. 그래서 웬만한 잡초는 붉은색을 띠며 죽었고 언덕의 흙마저 힘없이 푸석푸석 해졌는데 녹색으로 살아남은 것은 칡과 모시 그리고 띠 뿌리였다.

모시와 띠 뿌리도 칡과 비슷하게 뿌리가 깊게 들어가 있으면서 잎은 약으로 인해 시들었지만 뿌리는 자양분의 힘으로 살아남은 것이다.

까치집이 부럽네

철갑옷과 수많은 바늘로 무장한 소나무가 연약한 칡넝쿨에게
당한 원인은 무엇일까?

아무리 힘센 장수도 반쯤 앉아있으면 옳은 힘을
쓸 수가 없다. 꿋꿋하게 서 있든지 아니면 활기차
게 걸어 다녀야 능력을 발휘할 수 있고 자유롭게
방어할 수 있다. 밟히지 않기 위해서 걷는다는 말
이 있다.

그런데 소나무는 걷지 못하기 때문에 높이 커야 한다. 높이 큰
나무에는 잡풀들이 나무 끝까지 감고 따라올라 가지 못하기 때
문이다. 그러나 나지막하게 자란 나무들을 보면 잡풀들에 의해
수모를 당하고 있는 것이다.

칡넝쿨에 고사당한 소나무는 2m 정도로 윗부분은 평면 비슷
하게 모양을 갖추고 뽐내며 살았다. 소나무는 그곳이 칡의 군락
지인지도 모르고 그 칡들의 위력도 몰랐던 것일까? 칡은 높지 않
은 소나무 둥지의 튼튼한 사다리를 타고 올라 쾌적한 환경에서

번성하여 승리의 기쁨을 누리고 있다.

이렇게 식물들도 한 치의 양보 없이 삶을 치열하게 투쟁하며 살아가고 있다. 특히 지구촌의 인간도 살아남기 위해 치열한 경쟁을 하고 있다. 어떻게 하면 살아남을 수 있을까?

심리학자인 대니얼 골먼의 저서에 인간은 '정신집중'을 어디에 어떻게 하느냐에 따라 결과는 천차만별이 된다는 내용이 나온다.

그리고 집중력도 뇌근육운동인데, 사용하면 강해지고 방치하면 퇴화한다고 한다. 주의와 집중력은 너무 중요해서 일반 사람들은 그저 당연한 것으로 생각하지만 과학자들은 미시분석의 주제로 삼을 정도다.

이 과학적 연구를 통해 발견해 낸 가장 흥미로운 점은 주의력이 근력과 닮아서 제대로 쓰지 않으면 위축되고 잘 훈련하면 강해진다는 사실이다. 잠재된 탁월함을 발현시키고 성과를 창출하는 데 있어 집중력이 중요하고 그것이 후천적 노력으로 강해질 수 있다는 것이다.

우리는 정보의 홍수와 디지털 기기의 발전으로 가속화된 세상에 살고 있다. 그러나 역설적이게도 인간의 집중력은 후퇴하는

까치집이 부럽네

실정이다. 손 안의 스마트폰 대신 우리는 무엇에 집중할 것인가?

칡과 모시 그리고 띠 뿌리는 키가 클 수가 없으므로 생명력과 자생력을 뿌리에 갖추고 있다. 우리 인간도 살아남기 위해 올바른 '정신집중'에 뿌리를 두어야 한다. 그러기 위해서는 주관과 객관이 일치되는 수행修行이 필요하며 또한 그대로 실천하면서 살아가야 한다. 그래야만 외부로부터 오는 모든 장애, 즉 허상虛象을 막아내고 자유롭게 살아갈 수 있을 것이다.

창선대교 / 지암

나의 인생은 평탄대로가 아니었다.

다양한 시련과 고통은 나를 단련시켰고

어려움에 대처하는 능력을 만들었다.

그러니 삶에서 시련과 고통을 두려워하지 말고

삶의 과정일 뿐이라고 담담하게 받아들여야 한다.

나의
어린 시절

 나는 경남 남해군 남면 죽전리 양지마을에서 1945년 해방이 되던 해에 태어났다. 이름은 이용백李容白, 풀이해보면 '얼굴이 희다'라는 뜻인데 무엇 때문에 이 글자가 나를 지칭하는 바가 되었을까?

 마음의 상은 얼굴에 나타난다고 한다. 희고 깨끗한 얼굴을 가지기 위해서는 마음을 바로 하고 올바른 행동을 해야 된다는 사실을, 그리고 평소의 생활이 얼굴에 어느 정도 반영된다는 것을 나이 마흔이 되어서 알게 되었고 그렇게 되도록 노력하면서 살았지만 만족할만한 얼굴이 못되어 더욱 신심信心을 내고 있다.

까치집이 부럽네

태어난 곳의 토질은 제주도 토질과 비슷하여 척박한 땅에 어디를 가더라도 자갈이 깔려있었다. 논에는 쟁기가 들어갈 정도까지는 흙이 많지만 그 밑으로는 흙보다는 자갈이 많아 분재와 같이 물을 주면 물이 잘 빠져 물을 오래 담지 못하는 곳이다. 그래서 논마다 웅덩이를 파놓고 긴 막대기 끝에 양철동이를 달아 놓았다. 막대기 중간쯤에는 가로 막대기를 걸쳐 지렛대 원리를 이용하여 여름철에는 2~3일만 비가 오지 않으면 논바닥을 적시기 위해 물을 퍼 올렸다. 농지정리가 되어 있지 않아 경계가 심한 곡선 형태로 구불구불하게 되어있었다. 삿갓을 덮으면 보이지 않을 정도로 아주 작은 논도 있었는데 한 주먹의 쌀을 얻기 위해 한 뼘의 땅도 곡식을 심어 먹고 살겠다는 절박한 곳이었다.

그때는 지금보다 추웠던 것 같다. 겨울에는 물이 있는 곳이면 얼음이 꽁꽁 얼어 논바닥이며 웅덩이에 이리저리 부딪히면서 썰매 타는 재미가 있었다. 그리고 설날이면 검정색 물을 들인 새 무명옷을 입고 연을 띄우는 것이 한 없이 즐거웠다.

액연厄鳶을 날린다고 하여 정월대보름 밤이나 전야인 열나흘 밤에 액막이 연을 날려 보내는 풍속이 있었다. 그러나 나는 파아란 하늘로 하늘 바람과 함께 오르는 연이 신기하기만 했고 항상 '내 꺼'라고 끈을 놓지 않았으며 멀리 보이지 않도록 보내는 것이 자랑인 양 연줄을 풀었다 감았다 했다. 가끔 남의 연과 비교도 하고 이기기 위해 유리가루를 먹여놓은 연줄에 손이 베여 피가 나는 일도 있었다.

돌이켜보면 연 날리기에도 철학이 있었다. 우리나라 대기업 중역이 '바람개비가 돌지 않을 때는 달리면 돌아간다'고 했는데

바람이 없는 날에 연을 날릴 때에는 줄을 조금씩 풀어가면서 있는 힘을 다해 달려야 높이 올라갔다.

그리고 줄이 끊어져 연이 날아가 버리면 그것은 더 이상 내 연이 아니므로 그때는 서운하더라도 집착을 가져서는 안 된다는 것을 깨달았다.

내가 가장 싫어했던 일은 소 먹이러 가는 것이었다. 부모님의 말씀을 거역 못하고 소고삐를 잡고 소한테 끌려가듯이 간다. 소

까치집이 부럽네

먹이러 가면 우리 집 풀밭이나 언덕은 없었고, 풀이 듬성한 곳에 고삐를 그냥 놓고 친구들과 장난치고 노는데 정신을 팔았다.

소는 먹을 곳을 찾아 콩 밭에 가서 콩잎을 전정하듯 가지채로 먹어치우며 고구마 줄기나 논에 들어가 벼를 잘라먹기도 한다. 소는 주인 것인지 남의 것인지 알지 못하고 배를 채우는 데 급급한 것이다.

해가 저물어 집에 오면 어느새 고구마 밭, 콩밭, 논 주인들이 부모님에게 피해보상을 요구한 상태다.

"이 놈아 소 먹이러 간 놈이 뭐 했노? 네가 잘못했으니 네가 책임지고 해결해라!"

이런 말을 들으면 걱정은 잠깐뿐이고 책임감 없이 스쳐버리는 것이 어린 마음이었던 것 같다. 그 뒤에는 소 먹이러 가서 마땅한 곳이 없으면 나무둥치에 소고삐를 묶어놓고 있다가 집으로 몰고 온다.

끌려오는 소는 배고픔을 참지 못하고 물 있는 곳이 있으면 그곳으로 머리를 힘껏 돌려 주둥이를 대고 물을 힘차게 빨아들인다. 그런데도 집에 도착하면 날벼락이 떨어진다. 부모님은 소의 배가 등가죽에 붙어 있는 것을 한눈에 알아보신다.

"자갈밭에 몰고 갔더냐, 모래밭에 몰고 갔더냐? 너도 한 번 굶어볼래?"

그때는 소고삐를 던지고 도망가기도 했는데 지금 생각해보면 철부지였던 것이다.

당시에는 소 한 마리가 가정살림 반을 차지할 정도로 컸기 때문에 부모님은 자식만큼이나 소에게 공을 들였다. 밥 한 톨 버리지 않고 먹고 남은 반찬과 함께 여물에 섞어주면서 잘 먹는지 물끄러미 보고 있던 어머니 모습이 떠오른다. 부모님은 소를 키워서 자식을 키우겠다는 마음인데 나는 눈만 뜨면 친구들과 어울려 노는 생각만 했다.

어느 날 부모님으로부터 이사 간다는 말을 들었다. 가까운 곳도 아니고 꽤 먼 곳으로 간다는데 어디가 어딘지 분별할 수가 없었고 어수선하고 어리둥절한 마음뿐이었다.

마을 친구들이 "너 이사 가면 언제 보는 거야?" 예사롭게 묻는 말이지만 나는 표현할 수 없을 만큼 심란했다.

남명초등학교 5학년 1학기 때였는데 전학하기 전 학교에 가서 선생님에게 인사를 드리니 웃으면서 열심히 공부하고 잘 자라라고 하셨다. 친구들은 걸상에 앉아 아무렇지도 않게 잘 가라면서 손을 흔들어주었다. 정든 교실과 친구들을 뒤로 하고 운동장을 나서는데 예상치 못한 눈물이 났다. 보내는 사람은 여러 명의 친구들이라서 서운함이 각각 나누어진 것 같고 떠나는 사람은 나 혼자라서 서운함이 많았던 것 같다. 넓은 운동장에서 친구들과 어울리며 놀던 생각이 밀려왔다. 공놀이, 땅 따먹기, 제기차기 하고 놀던 일이며 운동회 때 달리기를 못해 3등이라도 하기 위해 안간힘을 다한 생각들이 떠오르면서 집에 올 때까지 눈물이 맺혔다, 흘렀다 하였다.

어릴 적에는 배고픔이 심하여 감꽃을 주워 바늘 달린 실에 끼워놓고 아껴가면서 먹거나 풋감을 몰래 따 논바닥에 묻어두었다가 먹기도 했다.

돌이켜보니 나의 고향은 배고픈 생활로 음식의 소중함을 일깨워 주었고 모나고 거친 돌이 깔려 있는 척박한 곳이어서 자극을 많이 받고 자랐기에 강인해지도록 단련시켜 준 곳이다. 풍요로운 땅에서 넉넉하게 자랐으면 이만큼 성장했을까?

러시아 산모들은 우리나라와 달리 어린 아이를 차게 키운다. 태어나서부터 차게 자라면 면역력이 강해 강한 체력으로 자란다는 것이다.

나의 고향은 풍요롭지 못한 환경으로 의식주 해결이 어려워 나의 몸과 마음을 단련시켜 모진 풍파를 이겨낼 수 있었다고 생각한다.

이사 가는 곳은 어떤 곳일까? 궁금한 것이 많았지만 부모님에게 의지하는 소년기였기에 송아지가 어미 소를 따라 가듯 가야만 했다.

이사 온 곳은 사천군 서포면 금진리 후포마을 율포栗浦 골짜기였다. 고향마을에는 120호 정도가 집단으로 모여 웅성웅성 어울려 살았는데 여기는 집이 산자락에 한두 채씩 띄엄띄엄 있었고 우리 집도 마찬가지로 떨어져 있었다. 게다가 또래는 한 명뿐이고 저녁이 되니 이웃이 없어 무서워 밖으로 나갈 수 없었다.

11살 때 5학년이 된 것은 일곱 살에 입학했기 때문이다. 고개 넘어 5리길 금진초등학교 전학을 하니 5학년 전부가 30여 명 나보다 네다섯 살 많은 학생도 있었다.

큰 나무를 옮기면 뿌리 내리기가 힘들지만 어린 종묘는 옮겨 심고 물만 주면 빨리 착근한다. 어른들은 사귀기가 더디지만 어린 아이들은 또래끼리 금방 친해진다. 낯선 학교에 왔지만 따돌림 당하지 않고 잘 어울려 지냈다.

혜민 스님의 글 중에 "좋은 인연이란 시작이 좋은 인연이 아닌 끝이 좋은 인연"이란 구절이 있다.

50년이 지난 지금, 고향의 초등학교는 중도에 전학을 했기에 관심과 애정이 없는데 2년 다니고 졸업한 초등학교는 학교나 친구들에 대한 정이 많다. 금진초등학교 9회 졸업 친구들은 아직도 1년에 두 번씩 부부동반으로 함께 만나 지난날들을 이야기하며 재미있게 지내고 있다. 어린 시절이 없는 어른이 누가 있으랴.

힘들고 가난했던 어린 시절이 눈 감으면 그리움이 된다.

아버지의
일생

아버지의 일생 / 지암

　　　　　　　　　　　　까치집이 부럽네

아버지는 이李 행行자, 도桃자를 쓰시는데 1918년 남해군 남면 죽전리 양지마을에서 태어나셨다.

할아버지 때는 황소가 밟아도 꺼지지 않을 살림이라 하여 동네 부자로 살았기에 아버지는 소년기에 어려움 없이 넉넉하게 자랐고 17세에 어머니를 만나 혼인하셔서 슬하에 2남 4녀를 두셨다. 그런데 순진한 큰아버지가 동서에게 보증을 서고 잘못되는 바람에 가세가 기울어지자 서둘러 초가삼간을 지어 분가하셨다.

아버지가 받은 상속재산은 논 말가오지기, 300평과 밭은 말일곱되지기, 170평이 전부였다(남해에서는 논의 말은 200평을 뜻하고, 밭의 말은 100평을 뜻함). 아버지는 이렇게 적은 재산을 상속 받았지만 불만을 드러낸 적이 없었고 내가 말귀를 알아들을 때부터 '형제간이나 다른 사람들에게 보증서는 일은 없어야 한다'고 하셨다. 다만 형편에 따라 도움은 주고 살아야 한다고 말씀하셨는데 나는 아버지 말씀대로 지키고 살아왔기에 억울하게 돈 떼인 일 없이 살게 되었다.

아버지는 학교 교육을 제대로 받지 못하셔서 학식도, 전문기술도 없었으며 오직 전형적인 농부로 사셨다.

내가 열 살 무렵에 또래들과 가끔 산에 나무를 하러 다녔다. 그때는 식량도 부족했지만 땔감도 현저히 부족한 형편이여서 산에 가보면 마당에 빗질한 것과 같이 떨어진 잎이 없이 산이 깨끗하여 손 댈 곳이 없었다. 그래서 생솔가지를 베어 나르곤 했는데 하루는 바지게에 작은 도끼와 괭이를 담아 나무뿌리를 파러 갔다. 나무뿌리는 찾을 수 없고 살아있는 큰 나무 뿌리가 등을 조금 보이고 뻗어있는 것을 파고 잘라내기 위해 힘들게 씨름하고 있었다.

"비켜 봐라."

아버지가 어디선가 보고 오셨다. 자식이 하는 일을 먼발치에서 지켜보고 있다가 오셔서 큰 힘 안들이고 잘라내어 주시는 것이다.

가족을 위해 희생하며 자상하고 인자해보이지만 전깃줄에 앉은 참새의 마음처럼 세상의 모든 위험과 불안의 요소에 노출되어 항상 불안하고 염려하는 마음을 갖고 있는 것이 아버지의 마음이라고 한다.

까치집이 부럽네

우리 밭은 우리 집에서 5리길 너머에 있었다. 배고픈 시절 굶주림을 해결하기 위해 배불리 먹을 것을 우선적으로 생각한 나머지 다른 작물보다 고구마를 많이 심었는데 고구마를 거두어서 집까지 나르기는 힘든 거리였다.

그러나 아버지는 한나절에 두 번씩 하루 네 번씩 짊어 나르다 보면 시원한 가을 날씨인데도 목에다 수건을 걸고 다니면서 땀을 닦으셨다. 그리고 무거운 짐에도 불구하고 한 손에 상추 같은 반찬거리를 봉지에 넣고 들고 오셨다. 이렇게 힘든 일을 하면서도 밥 대신 삶은 고구마와 김치가닥으로 허기를 채우셨다.

이러한 생활 속에 아버지는 우리 논밭에서 소출되는 수확으로는 먹고사는 데 한계가 있고 가진 것이 적은 고향 땅에는 자식들 키우고 어떻게 공부시킬까 염려 속에 여러 가지 궁리를 하신 것이다. 정든 고향을 두고 얼마나 노심초사하셨을까?

이사 가는 방법 이외는 고향에서는 잘살 방법을 찾을 수가 없어서 이웃에 살던 정 씨 3형제가 사천 서포로 이사 가서 자리 잡은 곳으로 이사를 하기로 결심하신 것이다. 남해 농토를 팔아 논 1400평, 밭 1200평 정도를 구입하고 집도 사서 이사를 했다.

이사한 곳에 농토를 많이 넓힌 아버지는 첫 해 농사를 고된 줄 모르게 부지런히 지어 타작을 하였는데 축담에 나락가마니를 수북하게 쌓았다.

고향 남해에서는 벼농사를 지어 수확이라고 해보면 큰 옹기그릇 몇 군데 담으면 없는데 나락 가마니가 쌓인 것을 보고 흡족해하셨다. 그리고 천석꾼이나 된 것처럼 모든 일들이 즐겁고 신나 하셨다.

늦은 봄 어느 일요일, 점심을 먹고 있을 때 아버지가 오후에는 밭에 밀을 베러 가자고 하셨다. 어머니와 함께 같이 가서 밀을 베는 데 아버지가 나에게 심부름을 시키는 것이다.

"낫이 무뎌져서 밀 베기가 힘드니까 낫을 갈아야 한다. 집에 가서 숫돌을 가져 오너라."

날씨도 후텁지근하고 일하기 싫었는데 심부름을 시키니 얼마 되지 않는 거리를 느릿느릿하게 걸어가 방에 누워 뒹굴면서 책을 보고 놀다가 슬금슬금 갔다. 힐끔 나를 보던 아버지의 한 마디.

"웬만하면 내일 오제 와."

의외의 말씀이었다. 성장하면서 두고두고 생각해보니 아버지는 순간의 감정을 참고 내 미래를 가르치셨다. 그때그때 즉시 활용해야 한다는 용시용활用時用活을 알려주신 것이다. 숫돌을 늦게 가지고 오면 제때 활용하지 못하므로 아무 소용이 없기 때문에 때를 놓치지 않아야 된다는 소중한 가르침이었다. 매를 맞으면 아픈 기억이 그 때 뿐인데 두고두고 생각하게 되는 아버지의 가르침이었다.

아버지는 농토를 넓히고 부자로 살아야겠다는 욕심이 생겨 농사일 틈틈이 품팔이를 하셨다. 날품보다 임금을 더 받기 위해 서투른 미장일을 하셨는데 촌집 짓는 곳이 있으면 이곳저곳으로 다니셨고 겨울에는 아랫마을 바닷가에 간척干拓공사 일하러 갔다 오실 때 보면 하루 종일 찬 갯바람을 맞아 얼굴이 시퍼렇게 변하고 흙 묻은 장갑으로 코와 입을 가리면서 오셨다. 그래도 아버지는 고향에 비교하면 쌀밥에 먹을 것이 풍족하여 보람을 느끼면서 고된 줄을 모른 채 일하셨다.

이사 온 지 2년 만에 아버지가 결국 몸져누우셨다. 병난 원인을 두고 이사방위, 집터, 조상묘자리가 안 좋아서 구구한 말들이 많았다.

하루는 무당 두 명을 불렀는데 처마 끝에 큰 대나무를 세워 넘어지지 않게 묶어두고 알아듣지 못하는 경을 중얼거리면서 밤새도록 징과 북을 두드리고 새벽에는 '귀신 잡귀와 액운을 물리치고 천왕신과 조상님들이 왕림하시어 병을 물리치게 해주옵소서' 하면서 굵은 소금을 온 집안 구석구석과 그리고 어머니와 나의 전신에 뿌리는데 섬뜩한 기분이었다.

날이 새자 조상의 묘가 있는 남해까지 가서 음식을 차려놓고 굿을 하여 효력을 기다렸지만 아무 소용이 없었다.

그리고 진주 유명한 병원에 입원치료도 해보고 하동 진교에 있는 모 한약방에 녹용이 든 약을 짓기 위해 나는 쌀을 짊어지고 어머니는 머리에 이고 시장에 가서 팔았다. 어머니는 누가 와서 무엇이 좋다고 말만 들어도 병수발을 해드렸지만 병을 이길 수가 없었고 아버지는 41세 청춘의 나이에 세상을 떠나셨다.

"아버지 마음." 김현승 시가 공감이 되어 옮겨본다.

아버지의 마음

김현승

…(중략)…

아버지의 눈에는 눈물이 보이지 않으나

아버지가 마시는 술에는 항상

보이지 않는 눈물이 절반이다

아버지는 가장 외로운 사람이다.

아버지는 비록 영웅英雄이 될 수도 있지만……

폭탄을 만드는 사람도

감옥을 지키던 사람도

술가게의 문을 닫는 사람도

집에 돌아오면 아버지가 된다.

아버지의 때는 항상 씻김을 받는다.

어린 것들이 간직한 그 깨끗한 피로……

-『절대고독』(1970)

세상 모든 아버지는 집과 같이 거룩한 존재이다. 집이 있기에 사람들은 그곳에 주소를 두고 이름을 적을 뿐 아니라 가정이라는 보금자리를 이루어 행복한 삶을 살아간다. 집은 언제나 한 곳에 우뚝 서서 자리를 지킨 채 말이 없다.

집이 비바람으로부터 우리를 보호해주는 것처럼 아버지도 항상 말없이 사랑과 근심으로 자식들을 돌보고 앞날에 대해 걱정한다. 그러기에 아버지는 고독한 존재이다. 가족들을 위한 매일의 수고와 삶이라는 무거운 숙제를 풀어야 하는 외로움으로 인해 아버지는 '보이지 않는 눈물'을 흘린다.

힘겨운 삶의 무게에도 불구하고 아버지라는 사실 때문에 속으로만 눈물을 흘릴 수밖에 없다. 이러한 아버지의 깊은 외로움을 치유할 수 있는 것은 '오직 어린 것들이 간직한 그 깨끗한 피' 곧 자식들의 올곧은 성장과 순수뿐이다. 아버지의 소망대로 자식들

　　　　　　　　　　　까치집이 부럽네

이 순수하고 올바르게 자라나는 것을 확인하는 순간 그 모든 고독과 노고를 깨끗이 보상받게 되는 것이다.

아버지가 되고 보니 김현승 시의 내용이 절절하다. 아버지가 너무 힘들게 고통스러워하고 마지막 숨을 거두는 장면을 보면서 인생의 무상함을 느꼈다.

아버지는 타향에 와서 잘 살고 행복과 즐거움을 찾을 것이라고 희망하고 기대하셨지만 아직은 어려서 먹이를 제대로 찾지 못하는 새끼들의 자립을 보지 못하시고 낯선 땅에 두고 떠나시면서 물끄러미 나를 쳐다보았고 나는 속수무책으로 멍하니 있었다.

장례 치르는 날 나는 두 손으로 흙을 덮어드리면서 아버지와 눈물로 이별했다. 아버지의 짧은 생이 아쉬웠다. 힘들 때는 아버지가 더 그리웠으며 무거운 짐이 앞에 놓이면 아버지 생각뿐이다. 어린 우리 형제가 하루하루 살았던 것이 꿈만 같았다.

그러나 아버지는 앞날을 미리 예측하셨을까? 서둘러서 고향을 떠나 자식들을 기름진 땅에 두고 가셨다.

　이 세상에서 이만큼 성장하고 살도록 음덕을 베풀어 주신 아버지께 감사드립니다.

너럭바위와
흙

잔디밭에서 핀 꽃 / 지암

아들은 피난처가 되지 못하고 혈육도 의지처가 되지 못한다는 부처님 말씀처럼 나는 아버지의 피난처도 의지처도 되지 못한 채 아버지는 저 세상으로 떠나가셨다.

"너럭바위 위에 오래 사는 것이 아니다."

남해에서 사천 서포로 이사 온 집은 주인이 여러 번 바뀌었고 빈집으로 되어있는 것을 큰 채는 대강 수리하고 아래채는 새로 지어 살게 된 것이었다. 그런데 초가삼간 큰 채 앉은 자리를 보면 앞 주춧돌은 흙 위에 놓여있고 중간과 뒤에 있는 주춧돌은 너럭바위에 놓여있는 집이었다.

이사 온 지 2년도 채 안 되어 아버지가 병이 났고 3년 만에 세상을 떠났으니 아버지가 세상을 떠난 원인을 두고 말들이 많았다. 그중에서도 강한 느낌으로 잊히지 않는 말은 '너럭바위에 오래 사는 것이 아니다'였다. 스쳐가는 말이라도 찝찝하게 귓전에 맴돌면서 떠나지 않았고 무엇 때문에 그런 말이 전해져 내려오고 있을까 싶었다. 과학적인 근거는 있을까?

자신이 그 상황에 처해있을 때의 말은 간과하지 못하는 법이다. 궁금해서 나이 드신 분들이나 유지들에게 물어보아도 아는 사람이 없다. 아버지가 세상 떠나고 나서 뚜렷한 이유도 없이 못 살 것 같아서 도망가다시피 힘들게 집을 지어 허겁지겁 그곳을 떠났다. 무엇 때문일까?

우리 집과 나란히 옆에 살던 J라는 분도 내가 이사를 하고 몇 년 후에 자살했다. J는 부모님이 살아계셨고 부유한 가정에 둘째 아들로 태어나 공무원이 되었다. 1960년경 면사무소 공무원이면 먹고 살기가 힘든 때 의식주가 해결되었으므로 선망의 대상이었다. 그런데 우리 집 옆에 분가할 집을 지었는데 뒤 주춧돌을 너럭바위에 놓았다.

아버지가 세상을 떠나고 배고픔을 면하는 것도 어려운 처지여서 몇 가지 안 되는 반찬을 반복적으로 먹으며 궁핍한 생활을 할 때였는데 J씨가 우리가족이 밥 먹는 것을 보고 어머니에게 "어떻게 그런 걸 먹고 사요?"라고 했다. 이웃 J씨 댁에서 불고기와 생선 굽는 냄새며 맛있는 음식냄새를 피워댔지만 형편이 어려운 우리 집에서는 꿈도 못 꾸는 일이고 침만 삼켜야 했다. 당시 우리 집 형편으로서는 생선이나 불고기는 그림의 떡이었다.

J씨는 능력이 있었는지 승진을 거듭하여 부면장까지 되어 위세가 등등하게 살았는데 새 집을 지어 이사한 지 10여 년 만에 자살하였고 가족들은 뿔뿔이 흩어졌다.

아버지와 옆집 J씨가 오래 살지 못한 원인이 정말 너럭바위 위의 집에서 살아서였을까? '너럭바위 위에 오래 사는 것이 아니다'라는 전해져오는 말에 궁금증이 더해진다.

경남 거창군 금원산 자연휴양림이 있는 입구에는 집채보다 큰 바위가 있는데 조금 떨어져 보아야 전부를 한눈에 볼 수 있을 정도로 크다. 이 바위를 문바위門岩라 하는데 왠지 차갑게 서 있는 것 같다. 그리고 흙먼지 티끌 하나도 옆에 오는 것을 싫어하는 것처럼 매정하게 보인다. 길을 가다 좋은 나무가 서 있으면 그 아래 앉아보기도 하고 기대어보기도 하는데 이 문바위는 그냥 지나치고 싶었다.

그리고 전남 영암 월출산을 보았는데 여기에서도 거대한 기암 너럭바위를 보았다. 모진 풍상을 겪어서인지 굴곡이 심하면서 쪼뺏쪼뺏 칼날같이 서 있는데 보는 순간 몸이 움츠러드는 느낌이

든다.

　속담에 '길이 멀어야 말의 힘을 알 수 있고 사람도 오래 사귀어
보아야 그 사람을 확실히 알 수가 있다'고 했다.

　월출산 기암 너럭바위도 많은 세월이 흘러 속내
를 드러내보였다.
　바위가 몇 천 년이 흐른 뒤에 흙이 된다고 하지
만 어느 세월에 그 커다란 바위가 이타심利他心 가
득한 흙의 모습이 될지…….

　이러한 모습들을 보고 내가 그렇게 궁금해 하던 의문이 풀렸다.
　"너럭바위 위에 오래 사는 것이 아닌 것이었다."
　바위는 스쳐가는 자리이지 머무는 자리가 아니다. 계곡의 물살
도 바위를 스쳐지나가고 산짐승들도 잠깐 앉았다 떠난 흔적을
볼 수 있다. 등산길에 사람들도 숨 가쁘고 힘들면 잠깐 쉬었다가
떠난다.
　드문 일이긴 하지만 여름철에 나무그늘 아래 바위에서 낮잠을

자고 난 뒤 안면근육 마비증, 한방 명으로 구완와사에 걸리는 경우도 있다. 이렇게 바위는 오래 머무르면 심술을 부리는 모양이다. 여름에는 화로같이 뜨겁고, 겨울에는 얼음덩어리같이 차갑게 변하는 것을 보면 홀로 있고 싶다는 표현이 아닐까?

그러나 계곡물 흐르는 바위 밑에는 가재, 게, 피라미들이 놀고 늘 푸른 산의 바위 밑에는 토끼, 다람쥐, 족제비들이 은신처로 정하는 것은 바위의 위엄을 방패로 삼는 것 같다. 바위는 위에 있는 것은 허락하지 않고 밑에 있는 것은 내버려 두는 것일까?

남해 금산 보리암 주지스님께 들은 이야기인데 보리암 근처에 있는 높은 바위에서 어떤 스님이 정진을 하다가 뛰어내리면 성불한다는 환상이 일어나 뛰어내려 그 자리에서 죽었다고 한다. 일반인들도 자살의 선택지를 바위 위로 정하는 것을 보면 확실히 바위가 마음을 따뜻하게 해주는 곳은 아닌 것 같다.

그러나 또 바위 밑 토굴에서 수행에 정진하여 도道를 이룬 스님들이 있는 것을 보면 바위 밑은 안전하고 위에 있는 것은 좋지 않은 것 같다.

금원산의 집채보다 큰 문바위의 매정하고 차갑게 있는 모습이며 영암 월출산 기암 너럭바위의 험상궂은 모습은 역시 정 붙일 곳은 아닌가 싶다.

모진 병에 걸리면 자연 치유를 위해 숲이 좋은 산 속을 찾아 땅 내음을 맡고 자연적으로 완치되는 경우를 보는데 아버지는 너럭바위 위의 집에 누워있었으니 생명이 연장되지 않았던 것이다.

바위 위에는 생명의 뿌리를 내릴 수 없다. 바위는 땅의 기운을 받고 장승처럼 그대로 있을 뿐이다. 바위는 배려하지 않고 무뚝뚝하게 독불장군처럼 있다. 바위의 주위에는 마음껏 뿌리 내리고 잎을 틔우고 열매를 맺도록 하여 인간을 먹고 살아가도록 하는 땅이 있다. 머무는 자리의 중요함을 다시금 생각해본다.

"너럭바위 위에는 오래 사는 것이 아니었다."

오래도록 자리 잡고 머물러야 할 자리에 일찍 떠나도 안 되겠지만 일찍 떠나야 할 곳에 머뭇거리고 주저 앉아있으면 안 된다는 사실을 알게 되었다.

절박함과
집짓기

절박함 / 지암

까치집이 부럽네

열일곱 살에 집을 지어야만 했다. 요즘 나이로 치면 고등학생의 어린 나이로 집을 지을 수밖에 없는 사정이 있었다.

아버지가 세상을 떠나고부터 집에 있으면 불안하고 초조해서 마음이 공중에 떠 있는 것 같이 뒤숭숭하였다. 집에 있으면 미칠 것만 같았고 자다가 밤중에 한두 번은 마당으로 뛰어나갔다. 아버지가 몸져누워서 땀 흘리며 입을 꼭 다물고 눈을 감고 신음하는 환청도 들리고 보였다. 아버지의 마지막 모습과 세상을 떠나는 과정이, 생생하게 떠오르면서 안정을 찾지 못했다.

이렇게 불안했던 원인이 아버지의 죽음 때문이었을까? 어머니는 부부로서 나보다 훨씬 더 아버지가 그리웠을 텐데 그 감정을 밖으로 드러내 보이지 않으셨다.

나의 불안은 아버지 죽음이 원인이기도 했겠지만 앞에서도 나온 '너럭바위 위에 오래 사는 것이 아니다'라는 말에 있었다. 이곳에 더 머물면 나와 남은 가족들이 앞으로 또 어떤 변고가 생기지 않을까 하는 걱정이 가슴을 짓눌렀던 것이다.

오십이 되어서 그때 일을 정신과 전문의에게 이야기했더니 아버지가 세상 떠난 일과 너럭바위 위에 오래 사는 것이 아니라는 말이 '연합정신작용'으로 작용했을 것이라고 했다.

살기 위해서, 어떻게든 살아야 했기 때문에, 살려고 발버둥 치면서 살던 집을 떠나야 하는데 이사 갈 곳이 없었다. 무작정 이곳을 떠나야 할 것 같은 생각에 어떻게든 집만 지으려고 했다.

집을 지으려면 치밀하게 계획하고 생각을 거듭해서 지어야 할 텐데 어린 나이에 그 상황을 벗어나 살아야겠다는 생각으로 무작정 집짓기를 시작한 것이다.

제비가 집을 지어도 비바람에 안전한 처마 안쪽에 자리 잡는다. 모든 생물체는 이렇게 살아야 한다는 생존 본능으로 새끼를 낳고 기르며 보금자리를 마련하는 것이다. 제비는 추운 겨울이 오기 전 따뜻한 남쪽으로 떠나기 전에 짧은 몇 개월을 살기 위해 절실한 노력을 다한다.

기고 나는 짐승들이 자기 살 집을 짓는 것은 본능일까? 아니면 의식이 있어서 계획적으로 집짓는 설계도를 가지고 짓는 것일까?

제비가 집 짓는 것을 보면 절묘하다. 가운데는 조금 넓게 하고 출입구 쪽 가장자리는 좁게 마무리하는데 반달 모양 같이 재료를 물어다 붙여서 완공하는 것이 사람의 능력 못지않다.

매미의 삶도 절박하고 애처롭다. 매미는 혼자 울지 않고 장단을 맞추듯이 함께 울다가 쉬었다 하는 것이 합창단 메아리 같은데 여름 한 철을 울어 댄다. 가끔 가슴을 적시도록 애처롭고 슬프게 잘 부르는 가수가 요절하는 것을 보는데 매미도 애처롭게 울어서 그런지 한 달도 못 되는 삶을 산다.

너무 짧은 삶이라 집 지을 시간이 없어 허물이 자기 집이다. 매미의 허물을 선퇴蟬退라고 하는데 짧은 기간에 너무 많이 울어 겨울 가랑잎 같이 수분 한 방울 없다. 매미의 껍질을 약용으로 쓰는데 어린 아이들이 밤에 일어나 심하게 울다가 경기가 일어나기 때문에 밤에 울지 않는 매미 허물을 달여 먹으면 좋다는 설에 따른 것이다. 나무에 붙어 있는 매미는 앞발 두 개가 강철같이 강하여 나무에 박아 고정 시키고 주둥이로 나무 진액을 빨아 먹고 산다.

매미소리가 조용해진 어느 날 나무에 붙어 있는 것을 떼어 보았는데 자세히 보니 머리에서부터 등까지 갈라져 있었다.

"매미는 왜 등이 갈라져 있을까?"

매미는 짧은 삶이 운명이기 때문에 집을 짓지 못하고 허물로 집을 삼고 힘든 삶의 한과 의무를 다하기 위해 애처롭고 슬프고 강하게 우는 바람에 머리에서 등까지 갈라진 모양이다. 이런 매미의 강렬한 숙명을 생각하게 된다.

어쩌다 개미가 구멍을 파고 모여 사는 곳을 볼 때가 있다. 죽은 지렁이를 끌고 가는데 먹고 살기 위해 합동작전을 한다. 덩치가 아무리 커도 무리한테는 이겨내지 못하는 모양이다.

개미는 평지에 집을 마련하지 않는다. 돌이나 나무뿌리 같은 의지처를 삼을만한 곳이 있어야 하는 모양이다. 개미가 작은 흙덩이를 여러 마리가 함께 작업해서 둥근 지붕을 만들고 집을 짓는다. 그들만의 건축양식으로 어떻게 지붕을 만들었는지 비바람에 견디고 있다.

사람들은 과학의 힘을 빌려 위성관측으로 강수량을 예측하지만 개미는 어떻게 알 수 있을까? 개미는 큰 비나 위험을 느끼면

대이동을 한다. 생사 여부를 미리 알고 대피하는 것과 집을 만들고 살아가는 것을 보면 본능적인 것 같다.

열일곱 살에 집을 지을 수밖에 없었던 것은 살기 위한 본능이었다. 많은 돈이 있었던 것도 준비된 건축도면이 있었던 것도 아니었다. 집을 짓는 사람들은 대부분 여유가 있고 보다 나은 생활을 하기 위해서지만 나는 살기 위한 처절함으로 망설임도 사치였다. 어디론가 박차고 나가 무슨 대책이라도 간구해야 했다. 이사갈 집도 없었고 셋방살이도 할 수 없어서 곡식 심던 우리 밭에 터를 잡았다.

현대식 주택건축은 설계에서부터 절차도 복잡하고 자재도 다양하며 품질도 천차만별이고 기술자도 분야별로 많아 돈이 없으면 엄두를 내지 못한다. 그러나 내가 짓고자 하는 집은 돌, 흙, 대나무, 짚, 나무 다섯 가지 재료만 있으면 되고 기술자는 대목과 미장하는 사람만 있으면 되었다.

그 당시 열일곱 살의 무지한 용기와 힘이 솟아나는 청소년으로 요령이 부족했던 나는 근처 산에서 필요한 돌들을 짊어지고 올 때 미끄러지고 넘어져서 정강이에 피를 흘리기도 했다. 흙은 밭 언덕이 황토로 되어 있어 쉽게 파서 쓸 수 있었는데 괭이와 삽질을 번갈아 가면서 하다 보니 손에 물집이 잡히기도 했고 밭 언덕에 있는 대나무를 낫으로 베다가 손가락을 다치기도 했다. 누구에게도 의지하고 기댈 곳이 없는 숙명으로 죽어라고 일하면서 세상 떠난 아버지께 무사히 집을 짓도록 도와 달라고 애원했다.

한편 어머니는 미장, 목수들 새참이며 식사 준비에 여념이 없었지만 나를 볼 때마다 고개를 돌리시며 눈물을 훔치셨다. 그렇게 절박함으로 집을 짓던 어느 날 저녁 어머니 방문 앞을 지나다 "영감 저 어린 것이 집을 짓는데 좀 도와주소." 하는 절박한 기원을 들었다. 내 귀로 듣는 것은 한 번이었지만 어머니는 유명을 달리한 아버지께 셀 수 없이 많이 애원하셨을 것 같다.

당시 집지을 때 제일 어려웠던 부분이 목재 구하는 것이었다. 돈만 있으면 손쉽게 구할 수 있었지만 돈이 없으니 기둥감과 서까래 등 나무들을 얻기 위해 남해 외가와 자형 집을 찾아 갔다. 외삼촌에게 자초지종을 말씀드렸더니 "어린 것이 기특하구나, 우리 갓에 있는 나무를 베어 줄게." 하시고 흔쾌히 도와주셨다. 남면 평산항에서 나무를 싣고 노량으로 거쳐 사천만으로 왔는데 아버지와 함께 이사 올 때 이삿짐을 배에 싣고 온 것이 마치 이 일을 예행 연습한 것 같았다. 살기 위해 매달리니 힘든 것조차 몰랐고, 희망으로 근심 걱정의 자리가 없었다.

　남들이 보면 우스울지 모르지만 모든 힘을 모아 지어서인지 초가집이라도 보기가 좋았고 흐뭇하였다. 추운 겨울 날 아궁이에 불을 지피고 흙냄새 나는 따뜻한 방에 누우니 포근하고 평온하여 살맛이 났다.

　제비와 매미, 개미들이 본능적으로 집을 지었듯이 나도 막다른 골목에서 살아남기 위해 본능적인 힘을 발휘하여 집을 짓게 된 것이다.

　제비와 매미와 개미 그리고 나 모두가 살기 위한 필사적인 노력을 했다. 살아야만 하는 그 절박함이 집을 짓게 한 것이다.

은행나무
잎

1992년 늦은 가을이었다.

다른 사람들은 아침 일찍 가까운 산이나 남강둔치를 빠른 걸음으로 운동하는데 나는 평소 게으른 탓에 늦게 일어나 어쩌다 집 옆에 있는 칠암 어린이 놀이터에 갈 때가 있었다.

50대 왕성한 나이인데 운동도 아니고 옳은 산책도 아닌 상태에서 어정쩡하게 한 바퀴 돌면서 아름드리 은행나무와 느티나무를 유심히 보게 되었다. 과학자들이 보면 노화현상 내지는 엽록소의 변화라고 말하겠지만 잠시 가을 색으로 물든 잎들을 생각한다. 여러 종류들의 나무들을 보면 자라는 과정이 잎 색상은 거의 비슷한 녹색이지만 낙엽 질 때의 색상은 다르다.

서리를 맞고 애처롭게 붙어 있거나 떨어진 채 볼품없이 또르르 말려 흩날리는 느티나무 잎을 보았다. 은행나무 잎은 보기 좋은 노란색이었다.

느티나무 잎과 은행나무 잎의 색깔 차이는 어디에서 오는 것일까?

가을이 되고 겨울이 되기 전에야 나무의 본색이 드러난다. 자신이 품고 있던 그 색상이 죽을 무렵에야 나타나는 것이다.

사람도 나무처럼 헐벗은 모습으로 세상에 태어난다. 자생력 없이 자신의 전부를 외부에 맡기고, 눈을 떴다 감았다 하며 살려고 몸부림치며, 손발을 힘차게 움직여 근육을 단련시키고, 모든 감정을 표하면서 몸부림치는 것, 즉 홀로 서는 과정을 살펴본다면 사람은 다른 동식물에 비해 그 속도가 더디다. 태어나 걷는 데 1년, 말하는 데는 2년, 스스로 옷을 입는데는 3, 4년 정도 걸리며 이후 자라는 과정도 각양각색의 다양성을 갖는 것이 사람이다.

나무도 봄을 맞아 피어나고 여름에는 왕성한 생명력을 갖고 가을에는 열매를 맺고 겨울에는 낙엽 지는 것이 자연이 정한 순서대로 자란다. 그렇게 계절이 반복되면서 나무는 나이테를 만들어 성장한다.

은행나무도 잎이 노랗게 물들 때까지 추운 겨울에서 연한 잎의 봄, 신록이 왕성한 여름을 지나고 노란 황금색 잎의 가을을 맞기까지 과정을 거치면서 이러한 과정에서 아름다운 색깔이 만들어지는 것일까?

사람도 태어나서 어린 시절부터 청년기 장년기를 지나 노년을 맞았을 때 이러한 과정에서 자기만의 삶이 자기만의 색깔로 변하여 표현되는 것은 아닐까?

은행나무가 노란 황금색 잎을 보면 추운 겨울, 봄 그리고 여름을 외적인 자연의 변화를 내면으로 수용하고 정화하며 세월을 산 것 같은 느낌이 든다.

'삶의 축소판이라고 하는 바둑판은 은행나무가 상품이다.'

바둑을 두는 것을 '기도棋道'라고 하며 도道에 속한다.

한때는 바둑을 즐겨 두었는데 이 속에 살아가는 철학이 담겨 있어 여기서 수양하고 삶을 배운다. 그런데 은행나무 바둑판은 다른 나무와는 다르게 너무 단단하지도 무르지도 않아 모진 바둑돌을 잘 견뎌낸다.

이와 같이 은행나무는 수양이 된 사람처럼 바탕을 잘 닦아서 수양을 해서인지 사라질 때에도 아름다운 잎을 만들고 떠난다. 마지막이 아름답다.

한의학에는 여러 가지 학설이 있는데 그중 동무 이제마 선생의 사상체질론이 있다. 체질에 따라 좋은 음식, 해로운 음식이 있고 오장육부도 튼튼한 부분, 약한 부분이 있으며 성격도 그에 따른다는 학설로 약 또한 체질에 따라 처방한다. 상담하면서 참고로 물어보면 자기 체질에 대해 어느 정도라도 아는 사람이 별로 없다. 자기에게 좋은 음식인지 해로운 음식인지 모르고 닥치는 대로 먹으며 자기의 성격 또한 장·단점을 모르고 살아가고 있다.

부처님 말씀에 '자신을 다듬는 재주를 익혀라'라고 했다.

자신을 다듬으려고 하면 자신의 장·단점을 알아야 가능하다. 송원 스님의 글에 이런 내용이 있다.

자기를 모르고 있는 동안 사람은 점점 자기를 잃게 되고 자기를 잃어버리면 자기의 주인이 되지 못한다. 그러므로 자기를 잃어버린 사람은 언제나 자기도 알지 못하는 사이 남의 노예가 되어 버리고 마는 것이다. 주인이 없는 텅 빈 자기 자신이기 때문에 누구나 쉽사리 들어와서 지배한다. 그러나 자기를 똑바로 찾았을 때 사람은 누가 자기의 주인임을 깨닫는다. 아무도 자기 자신이 될 수 없으며 자기를 똑바로 찾아서 자기 자신이 자기의 주인임을 굳게 지키고 있으면 외부에서 함부로 자기를 지배하지 못한다. 우리는 흔히 세상사는 보람을 느낄 수 없다는 말을 듣는 때가 있는데 그렇다면 자신의 인간성 개발을 평소에 생각하고 찾아야하며 새로운 자신을 만들어 가는 기쁨을 만끽할 수 있도록 해야 한다.

우리는 수입의 증가를 바라보면서도 문 틈새로 바람 같은 것이 마음과 가슴에 불어 헤치고 지나가는 쓸쓸함을 느낀다.

은행나무 잎 / BAN

"식물들이 피어내는 꽃은 모두 아름답다."

호박꽃, 메밀꽃, 유채꽃, 할미꽃이며 매화, 벚꽃 그 외 모든 꽃들이 자기 색깔인 특색을 내보이는데 아름답지 않은 꽃이 없다.

소나무는 송화가 피는 노란색 위에 붉은 꽃을 100년 만에 한번 피우는데 보는 사람에게 행운을 가져다준다는 속설이 있다. 유채꽃, 메밀꽃, 호박꽃, 복사꽃, 능금꽃, 찔레꽃, 동백꽃 등 여러 꽃을 두고 소설의 배경이 되고 시를 쓰며 노랫말을 만들어 모든 사람들이 사모하며 즐겨 부르는 것이 생활 속의 즐거움으로 되어 있다. 어느 꽃을 두고 어느 누구 한 사람이라도 미워하지 않는다.

텃밭에 피는 토마토, 가지, 고추 꽃은 차례대로 피고 열매도 차례대로 열어 인간에게 서둘지 말고 순서대로 따 먹으라고까지 배려한다. 이렇게 모든 꽃들은 아름답게 자기 모습을 드러내는데……

혼자 있는 시간이면 '나는 누구인가?'라는 생각을 한다.

얼마 전 신문에서 카이스트 뇌과학 교수 김대식의 브레인 스토리를 보았다.

인간이란 무엇인가? 눈, 코, 입, 귀를 가지고 형체가 인간 같이 생기고 말하고, 행동하고, 생각하면 사람인가? 그렇다면 인간과 구별하기 어려울 정도로 정교하게 만든 마네킹 역시 사람일까? 그럼 말과 행동은 어떨까?

'인간'의 본질은 인간같이 생각할 수 있는 인지능력 그 자체에서 시작된다고 가설해 볼 수 있는데 인종, 생김새, 기억, 신분 능력은 저마다 다를 수 있다. 하지만 모든 인간은 '뇌'라는 특정기계를 갖고 있기에 세상을 보고 느끼고 기억한다. 기억하고 느끼고 자각한 현실은 우리에게 '판단'을 가능하게 한다. 세상을 느끼고 '나'라는 존재가 원하는 대로 선택할 수 있는 '자유의지'가 바로 뼈와 세포 덩어리로 만들어진 우리를 인간으로 만들어 주는 본질인지 모른다. 핵심은 '자유의지'라는 것이다.

세상을 인식하고 자신이 원하는 선택을 내릴 수 있다면 그는 여전히 인간이다. 반대로 모든 선택을 기계인 그의 몸이 내린다면 그는 단지 잘 만들어진 기계에 불과하다.

뇌는 '나는 진정으로 그걸 원하는가' 라는 선택을 해야 한다. 인간에게는 선택의 자유가 있기에 기계보다 더 느리고 더 비효율적일 수밖에 없다. 우리가 답해야 할 가장 중요한 질문은 이것이다.

왜 인간은 '자유의지'라는 착각을 갖도록 진화된 것일까? 여기서 나는 '자유의지'를 생각해본다. 인간은 보고 듣고 냄새와 맛보고 접촉하고 의식하는데서 가식 없이 사실대로 '자유의지'를 가져야 한다.

있는 그대로 인식하지 못하고 바르게 인식하지 못하면 모습 또한 올바르지 못한 모습으로 될 것이다. 식물은 그대로 서서 뿌리 내리면서 가식 없이 그대로 자신을 드러내기 때문에 소박한 아름다움이 있다. 인간은 식물보다 더 좋은 환경이며 조건이지만 바른 인식을 갖고 행동하지 않기 때문에 이로 인해 번뇌, 고민이 생겨 좋지 못한 모습으로 바뀌기도 한다.

부처님은 자비의 마음이 자리 잡고 있기에 자비의 모습이다. 자고 나서 세수하고 화장하면 보기 좋은 얼굴이 하루를 넘지 못하고 저녁에 지워져 짧게 끝나지만 평생토록 마음을 갈고 닦은 사람은 화장 없이도 항상 맑고 고우며 죽어서도 깨끗한 모습이다.

까치집이 부럽네

욕심내지 않고 성내지 않으며 어리석지 않고 나 자신에게만 이롭지 않는 집착에서 벗어나는 그 자체가 되도록 마음을 갈고 닦기를 변함없이 하고 살면 젊은 시절보다 가을의 은행잎처럼 오히려 인생의 경륜이 쌓인 노년기에 인생의 절정기를 맞게 되고 은행나무의 노란 잎과 같이 색깔 고운 모습이 되지 않을까 하는 생각이 든다. 마음을 관리하는 것은 깨끗한 양심의 요구에 따라 마음속에 힘껏 바라고 찾는 올바른 일념—念을 갖는 것이다.

운명적
인연

백련심 / 지암

까치집이 부럽네

아버지의 병환으로 한약방에 약을 지으러 다닌 것이 계기가 되어 한의학 공부를 하게 되었다.

　내가 사는 마을에서 약 5km 떨어져 있는 거리에 하동군 진교면 제남당한약방 권영집 선생님 한약방에 단골로 다녔다. 서포 쪽에서 진교면 가까이 가면 냇물이 흐르는 곳이 바다로 이어져 있어 들물이면 건너갈 수가 없어 나룻배를 이용하든지 아니면 산길로 돌아 다녔고 날물이면 징검다리로 건너다녔다.

　내가 열세 살 진교 중학교 1학년 때였다. 늦은 가을 해질 무렵 아버지가 심하게 편찮으셔서 한약을 지으러 진교로 갔다. 갈 때는 바닷물이 빠져 있어서 건너갔는데 돌아 올 때는 물이 차서 산길로 둘러 오게 되었다.

　"가을 저무는 해는 어둠이 빠르게 온다."

　학교 오갈 때 다니던 길이건만 초아흐레 달이 대지를 비추고 좁은 산길은 사람만 겨우 다닐 수 있는 외길인데 크고 작은 돌멩이가 있는 산길을 비틀거리면서 바쁘게 걸었다. 집 한 채의 불빛조차 없는 외진 곳이라 무서워 소름이 돋았는데 저 앞에서 하얀 손을 흔들며 춤을 추고 있는 것처럼 보였다.

되돌아 갈 수도 없었고 다른 곳으로 도망 갈 길도 없었다. 몸은 부들부들 떨리고 정신은 칼날같이 예민해지면서 혼미해졌다. 산기슭의 밤은 만물이 고요해 적막 그 자체였다.

그런데 내 눈에 헛것이 보인 것이다. 귀신이 나타나 한들한들 춤을 추며 나를 기다리는 것 같이 보이면서 혼비백산하였다. 귀신이 보이지 않는 쪽으로 눈을 돌리고 죽기 아니면 살기로 이를 악물고 눈을 반쯤 감은 채 있는 힘을 다해 달음박질쳤다.

그곳을 지나고 곁눈으로 힐끔 보니까 하얀 억새풀이 찬바람에 흔들거리는 것이 아닌가. 전신에 오싹했던 한기가 안도의 온기로 돌아왔다.

집에 와서 방에 누웠는데 심한 악몽을 꾸고 난 것처럼 불안함으로 며칠을 보냈다. 아버지의 병은 호전되지 않아서 약 심부름을 자주 가게 되었다. 약 심부름을 자주 하면서 약 짓는 모습을 보고 마음이 끌렸다.

약국 선생님의 신선한 옷차림과 한약의 독특한 냄새가 좋았고 또 아버지와 같이 병으로 고통 받는 사람을 치유해 주는 직업이어서 나를 끌어 당겼다. 이런 직업을 가지고 사람들을 건강하게

까치집이 부럽네

할 수 있다면 좋겠다는 바람을 가지게 된 것이다.

농촌 생활은 논밭이 그 집의 형편을 가늠하는데 농토가 적은 우리 집은 어머니의 역할도 한계가 있고 모든 일들은 내가 앞장 서야만 했다. 열여섯 나이에 내 가족을 책임져야 하는 상황. 떼 를 쓰기도 하고 막무가내 고집 부려 볼 곳도 없으니 가진 것만큼 나아갔다.

부산의 항도고등학교(야간, 현재의 가야고등학교)를 거의 결석하면 서 하위권 성적으로 겨우 졸업하였고 동양종합통신대학 한의학 부(사설)를 수료하는 과정에 일정 기간 기숙사에 머물면서 실습 과 공부를 했는데 침구사 시험이 아예 없어서 지금까지 아쉬움 이 남아있다.

당시에는 한의사 배출이 적었고 한의사들은 주로 편리한 도시 지역에서 개업을 하여 농어촌에는 한의학 의료혜택이 거의 없다 시피 했는데 이러한 점을 고려해 정부에서는 국가 시책의 일환으 로 한약업사 시험 제도를 도입하였다. 그러나 이 제도는 도지사 가 필요하다고 인정할 때 실시하는 것이었으므로 정기적인 시험 이 아니었다. 언제 있을지도 모르는 기약 없는 공부를 시작한 것이다.

그리고 시험 응시 자격요건 중에는 고등학교를 졸업한 자로서 한의원 또는 한약방에서 5년 이상 근무경력이 필수였다.

나는 열일곱 살에 집을 지으면서 느꼈다.

'죽을 위기에 놓이면 살기 위해 길을 찾는다.'

바로 '필생즉사必生即死 필사즉생必死即生'이다.

이끌어 줄 사람도 돌봐 줄 사람도 의지할 곳도 없는 나의 처지를 알고 있었기에 죽기 살기로 통신대학 공부와 하동 진교 권 선생님의 한약방에서 실습과 경험을 쌓으면서 매진했다. 내가 살아갈 길은 오직 한약업사가 되는 것이었다. 어린 동생들은 나를 아버지처럼 믿었고 어머니는 우리 집 기둥으로 여기셨다.

'몸은 아는 것도 없고 모르는 것도 없다'는 말이 있는데 나는 피부로 느끼면서 정신을 가다듬고 밤을 지새우면서 의서를 놓지 않았다. 절치부심切齒腐心하면서 공부하고 얼마나 기다렸던가!

'1970년 강원도 한약업사 시험 실시 공고.'

그 기다림이 현실이 되었는데 기쁨과 근심이 반반이었다.

어머니는 평소 부엌에서만 정한수를 떠 놓고 빌었는데 강원도 시험 소식을 듣고 부터는 장독 위에 정한수를 떠 놓고 두 곳을 번갈아 가면서 두 손 모아 허리를 굽신거리며 정성을 다하셨다. 한편으로 합격한다는 부적을 어디에서 구하셨는지 나의 속옷에 달아 주시고 콩과 찹쌀을 섞은 미숫가루 봉지를 가방에 넣으시면서 나를 물끄러미 바라보셨다.

말씀을 하면서 바라보는 것보다 아무 말 없이 바라보는 게 더 강렬한 느낌이었다. 나도 어머니를 바라보면서 말하지는 않았지만 꼭 합격하겠다는 결연한 의지를 마음속으로 다짐했다.

시험을 며칠 앞두고 강원도 춘천 시내 허름한 여관방을 잡았는데 응시생들이 전국에서 몰려 와 시내 여관은 만원이고 식당 또한 북적였다. '한약업사 시험 합격자 선발'은 강원도 내 무의약촌 지역이 공고되고 응시생들은 원하는 지역에 선정 접수하며 그 지역에 한 명만 합격시키므로 장소에 따라 경쟁률이 각각 달랐다. 선발하는 지역이 40여 곳인데 전국에서 600여 명이 왔다는 소문이었다.

어머니와 동생들의 모습이 떠오르면서 마지막 문제 정리를 했다.

'나는 우리 가정을 책임지고 있다!'

그동안의 긴장으로 몸져누워 있었는데 합격 소식을 듣는 순간 꿈같이 느껴졌다.

영업허가 지역은 '강원도 홍천군 내촌면 물걸리'로 되어 있었다. 어머니는 아들이 장원 급제라도 한 것처럼 활발하고 밝은 모습으로 변하셨다. 이웃집에 다녀오시는 모습도 의기양양하셨고 평소에도 그렇게 하셨지만 쌀이 섞인 밥과 고기반찬이 나에게로만 향했다. 어머니는 동생들을 뒷전으로 하고 나를 신처럼 우대하셨다.

그러나 그렇게도 바라던 강원도 합격이 우리 집 형편에는 문제였다. 허가된 지역 외에는 영업할 수 없는 약사법으로 인해 타 지역으로 영업 이전이 규제되어 있어 내 여건과 형편은 강원도에서 영업하기가 어렵고 그렇다고 포기할 수도 없었다.

어떻게 할지 궁리해보았지만 뾰족한 방법을 찾을 수가 없어서 또 다른 고민이 생겼다. 이런 와중에 강원도 홍천 군청에서 공문

까치집이 부럽네

이 왔는데 영업을 하지 않으면 허가를 취소하겠다는 것이었다.

　얼마나 소중하고 귀한 자격이고 허가인데……. 그 먼 곳까지 혼자 몸으로 가서 어떻게 일을 할 수 있을까? 여러 날을 망설이면서 이 생각 저 생각을 해 보았지만 나의 살길인데 가야만 했다.

　어머니와 동생들을 두고 몇 가지 옷과 의서 등 중요한 것을 간단하게 보따리에 싸서 버스를 몇 번 갈아타고 허가지역으로 갔다. 태양의 열기는 식고 어둠이 오면서 싸늘한 기운이 도는 가을, 시장 옆 초라한 주막집에 임시로 방을 얻어 짐을 풀었다.

　저녁이 되니 사람의 왕래는 없고 적막강산이었다. 외로움과 고독함 그리고 잡다한 생각들이 밀려오면서 괴로워지고 밤이 깊어 갈수록 잠은 어디로 도망가고 많은 생각들이 더해지면서 향수병에 걸릴 것 같았다.

　특히 어머니는 나를 태산같이 믿고 의지하고 사셨는데 지금 어머니의 마음은 어떠할까? 어머니는 나보다 더 힘든 마음에 잠 못 드시고 먼 곳에 있는 아들 잘 되기를 바라는 눈물로 베개를 적시고 계실 것 같은 생각에 바늘로 심장을 찌르는 것 같이 괴로웠다.

　사형보다 가혹한 귀향살이하는 사람들의 마음을 헤아려 보기도 했다. 이틀 뒤에 5일장이 서는데 마을 사람들은 주로 약초뿌리와 열매를 가지고 와서 사고팔았다. 장날이 아닌 날에는 사람 보기가 드물었다. 3일 동안 있어 보았지만 나에게 관심을 가지는 사람이 없었다. 생각해보니 생약을 재배하고 산에서 약초를 캐고 팔아서 생계를 유지하는 산골지역이었기 때문이었다.

연목구어緣木求魚! 산에 고기 잡으러 온 것이고 바다에 땔감 구하러 간 것이었다.

허가를 살리기 위해 휴업계를 제출하고 5일 만에 짐을 정리하여 동해선 열차를 타고 내려왔다. 열차에서 바라보니 농·어촌 도시를 번갈아 지나는데 우리나라도 좁기만 한 것은 아니라는 생각이 들었다. 이 넓은 지역에 내가 안착할 곳은 어디에 있을까?

'나귀의 일이 끝나기도 전에 말의 일이 생긴다.'

경허선사의 말씀이 나의 현실이었다.

청와대와
정치경험

강원도 허가지역인 홍천군 내천면 물걸리, 그 먼 곳까지 갔다가 돈 한 푼 벌어보지 못하고 비용만 들이고 빈손으로 내려왔다.

여러 날을 쉬면서 생각해 보아도 어떻게 해야 할지 방향을 찾을 수가 없었다. 평생 먹고 살 직업인데 조금도 소홀히 결정할 수 없어서 실마리라도 찾으려고 혈안이 되어 있었다.

'경남으로 이전하는 길은 없을까?'

이전만 되면 최상의 길이라 생각하니 환상幻想이 일어났다.

'절망은 침체되지만 환상은 날뛰게 만든다.'

대통령령으로 도지사가 약사법에 의거 실시하는 국가시험인데 강원도 무의촌이나 경남 무의촌 영업은 가능하지 않겠나? 객관적으로 현실을 파악해야 되는데 주관적인 생각에 빠져들고 있었다.

이런 와중 수소문 끝에 소개받은 분이 청와대 근무하는 L씨였다. L씨는 박정희 대통령 시절 박종규 경호실장 특별보좌관 신분이었다. '경호실장보좌관' 하면 지위가 낮아 보이지만 권력의 중심이라 할 만했다. 말만 들어도 오금이 저리는 청와대이지만 얼마나 다급하고 절박했던지 겁도 없이 용기를 낼 수밖에 없었다.

그때 L씨는 사천군 국회의원에 출마하기 위해 몇 년 전부터 은밀하게 사조직을 만들어 넓혀가고 있는 중이었다. 청와대 백그라운드이면 웬만한 일은 해결될 것이라고 생각했다. 경남도청에도 가보지 않은 내가 청와대를 어떻게 들어가지 하는 걱정이 들었지만 나에게는 운명運命이 달려있기에 그런 걱정은 중요하지 않았다.

나에게는 양복 넥타이며 신고 갈 구두도 없었다. 어머니가 정성들여 깨끗하게 씻어 다려놓은 옷을 입고 새로 산 운동화를 신었지만 내가 나를 보아도 초라한 차림이었다.

처음 가보는 청와대는 모든 것이 긴장되고 어색했고 어리둥절했다. 철저한 검색을 통과하고 지하통로로 L씨의 방까지 안내를 받았다.

"멀리서 오시느라 수고 많았소."

반갑게 맞이하고 자리를 권하는데 긴장이 되어 떨리는 목소리로 말했다.

"저는 강원도 무의약촌에 한약방허가를 받았습니다만 가정형 편상 경남지역 무의약촌에서 개업할 수 있도록 한 번 살펴 주십 사 하고 찾아왔습니다."

말을 들어보더니 '보건사회부 약정국장 소관이네' 하면서 바로 전화를 걸었다.

"O국장님 안녕하십니까? 청와대 L보좌관입니다. 나의 고향후 배인데 내용을 들어보시고 선처善處 바랍니다. 그리고 결과 보고 바랍니다."

옆에서 들어보니 짤막한 전화지만 일방적이고 고압적이었다.

"지금 바로 O국장에게 가 보게. 자네 그 일은 내가 해결해 줄 것이니까 걱정하지 말고 사천 내려가서 나의 일이나 적극적으로 나서서 도와주게."

L씨는 악수를 해주면서 어깨를 두드려 주었다.

으리으리한 청와대였다. L씨의 방에는 국내외 요직들과 직통전화를 할 수 있도록 되어있고 분위기도 삼엄해보였다.

과분한 성의에 깎듯이 인사드리고 나오면서 '청와대 권력이 대단하구나' 하고 생각했다. 청와대에 결과보고 하라고 하는데 '어렵겠습니다.' 라고 보고하진 못할 것이고 해결의 실마리를 찾아 긍정적인 보고를 할 것 같았다.

L씨로부터 전화를 받은 O국장은 문 앞에서 나를 기다리고 있었다. 국장실 앞에는 양복을 입은 신사들이 줄 지어 앉아 면담을 기다리고 있었지만 국장이 직접 나와 나를 먼저 안내하여 들어갔다.

용건을 이야기하는데 메모를 하면서 자초지종을 듣던 O국장은 1969년 12월 30일까지는 타他 시도 이전이 가능했지만 이후로는 보건사회부장관 유권해석으로 규제되어 있어 현재는 어려워도 기다리고 있으면 이전이 되도록 노력하겠다고 하였다.

우리나라 최고 권력기관인 청와대 그리고 실무담당자인 보사부 O국장의 긍정적인 답변을 듣고 해결이 다 되었다 싶어 기쁨

까치집이 부럽네

을 감출 수 없을 정도였다.

"이전되고 영업하면 얼마나 좋을까?"

홍분 속에 집으로 내려오는데 경남 어느 곳에서 영업하면 좋을까 생각하며 성급하게 머리를 굴리고 있었다.

청와대 보좌관 L씨를 소개한 분은 사천군 책임 연락소장 C씨였다. L씨와 C씨는 나에 대한 신상을 대략 파악하고 교감했는지 내가 서울 갔다 온 뒷날 사무실을 찾았더니 청년조직부장을 맡으라고 했다.

이제는 그 무엇도 걱정할 것도 없고 두려움이 없어지면서 기쁨으로 가득 찼다. 앞으로 나의 삶에서 큰 획을 마무리해 줄 분이라고 생각했기에 정치세계를 제대로 모르고 충성이 시작되었고 "열심히 하겠습니다!"라고 힘차게 대답했다. 전쟁에서 이긴 개선장군처럼, 어부가 고기를 많이 잡아 만선滿船으로 돌아온 것처럼 감격했다.

그리고 연락소장과 참모들의 지시에 따랐고 나름대로 적극적인 계획과 세부적인 활동영역을 세웠다. 정치에 노련한 연락소장의 대인관계 지침은 이러했다.

첫째, 희망을 주는 말과 믿음을 갖도록 해야 한다.

둘째, 언제나 긍정적인 대화를 해야 한다.

셋째, 민원은 무조건 해결하겠다는 의지표명을 해야 한다.

그리고 지역발전은 광범위하게 세워 임기 내 꼭 실천하겠다는 약속을 해야 한다. 이러한 실천은 나중 일이었고 현재는 지지를 얻기 위한 정치형태라는 것을 그 당시에는 몰랐다.

지금도 총선이나 대선 때 보면 표를 의식해서 과過하게 공약하는 것을 본다. 두서너 달 만에 보고도 하고 나의 일도 재촉할 겸 청와대로 올라갔다.

L씨는 반갑게 웃으며 "수고 많았어. 조직은 어느 정도 되었는가?", "전망은 어떻게 보는가?", "상대 진영은 어떤 전략을 쓰는가?" 하고 이것저것 물어보았다.

나도 사천지역 동정을 말했다.

"지금 민심이 좋은 분위기로 돌아서고 있는 것은 청와대 출신이 국회의원이 되어야 사천 발전이 더욱 잘될 것이라는 기대감 때문입니다."

그러자 L씨는 "잘 알았네. 수고 많았고 더욱 열심히 해주게. 그리고 자네 일은 걱정 말게. 내가 알아서 해줄 테니까!"라고 말했다.

따로 묻지 않아도 먼저 말을 하니 힘이 더욱 생겼다.

간혹 L씨가 틈을 내어 사천공항으로 내려올 때가 있었다. 관내 기관장들과 유지 분들이 빠짐없이 모여 도열해 영접하고 식사장소로 자리를 옮겨 간담회를 했다.

한 번은 식사 도중 모인 분들 앞에 L씨는 나를 소개했다.

"괜찮은 청년인데 앞날이 창창하니 도와주고 키워줍시다."

이 말을 듣는 순간 가슴이 부풀었다. 이렇게 환대받고 기관장들 앞에 소개와 칭찬을 받기는 처음이다. 훗날 느낀 일이지만 과한 칭찬은 하는 것이 아니다.

"고래도 춤을 추도록 칭찬하면 안 된다."
"사람에게 지나친 칭찬은 수렁으로 빠져들게 한다."

서울 가면 L씨가 호텔 방까지 잡아주고 진수성찬 대접을 하면서 더욱 열심히 해달라고 부탁했다. 흙냄새 나는 토담 같은 곳에서 자다가 호텔 방에 누워 있으면 황홀해서 깊은 잠이 오지 않았고 이러한 과정이 나를 수렁으로 빠져들게 하고 있었다.

아까운 것이 없었고 힘든 줄 몰랐다. 허가 이전만 되면 행복하게 잘 살 것이란 믿음 때문이었다.

매일 아침 일찍 일어나 동분서주하면서 사람들을 만나고 움직였지만 수시로 변하는 사람들의 마음을 붙잡는다는 것은 어려운 일이었다. 특히 대립하는 상대 조직에서도 사력을 다해 파고들기 때문에 어제는 호감을 가졌다가 오늘은 돌아서는 민심이 비일비재 하였다.

선의의 경쟁으로 우승하는 운동선수에게는 모두 격려의 박수를 보내고, 바르게 살아가는 성직자에게는 모두 존경을 표한다. 예나 지금이나 정치인들은 당선되기 위해 수단과 방법을 가리지 않는 경우를 본다. 중상모략과 권모술수로 상대를 흠내고 짓밟는 경우가 많다. 이것이 바로 정치인들이 업적이 있어도 많은 사람들이 존경하지 않는 이유일 것이다.

L씨는 청와대에 사표를 내고 공천신청을 했다. 사표를 내고 난 뒤의 분위기는 현직에 있을 때와 현저하게 달랐다. 따르던 기관

까치집이 부럽네

장들과 유지들 상당수는 몸조심하면서 소극적으로 변했고 조직 기능도 위축되어 활개치고 다니던 나도 견제를 받기 시작했다.

결국 치열했던 공천은 혁명 주체세력이며 문공부 장관을 지낸 C씨에게 돌아갔다.

꿈속에서 환상과 망상으로 날뛰었지만 깨고 보니 착각이었고 물거품이었다. 태풍이 비바람을 함께 몰고 와 집을 날려 보냈으면 집터라도 남아있지만 정치바람이 지나간 자리는 아무것도 남지 않았고 오직 허무함과 증오만 남았다.

법으로 규제되어있는 것을 어느 특정인이 마음대로 바꾼다는 것은 어려운 일인데 그것도 모르고 특정인의 힘을 믿고 우쭐대며 다닌 것이다.

남을 원망할 일이 아니고 나의 어리석음 때문이라는 것을 깨달았다. 사람의 마음이 어떤 것인지 정치가 어떤 것인지 청와대에 출입하며 겪은 1년 반 동안의 소중한 경험이었다.

명암明暗 속의
개업

돌담에 핀 꽃 / 지암

　　　　　　　　　까치집이 부럽네

삶의 출구가 보이지 않는 나날이었다.

멋도 모르고 강원도 골짝까지 갔다가 빈 보따리로 왔고 철석鐵石같은 믿음으로 청와대에 갔다 와서 확신에 찼던 희망이 물거품이 되고 말았다.

나의 깊은 고민을 가족인들 어떻게 알겠는가? 어린 동생들은 영문도 모른 체 지내고 어머니는 안쓰러워 하셨다. 나로 인해 생활이 쪼들릴 가족들을 볼 때마다 죄책감이 들었다.

청와대 L씨나 나나 서로의 이권 때문에 시작한 일로 원망할 처지가 못 된다. 예나 지금이나 선거 때 보면 후보자와 운동원 관계는 자원봉사자도 있지만 주로 이해관계로 엮인다. 당선되면 어떤 자리나 사업관계에 대한 언질도 있고 개중에는 일정금액을 받고 활동하는 것을 보면 이권관계 놀음이다.

나의 모든 희망이었던 강원도에서 경남으로 허가 이전은 능력과 한계 밖의 일로 접어야 했다. 이제 살아갈 끄나풀도 없어져 허탈에 빠졌으며 정신은 피폐疲弊해지고 가정형편은 더 어려워졌다. 강원도에 왔다 갔다 하면서 든 비용이나 정치심부름하면서 쓴 돈은 모두 빌린 돈이었기에 빚도 버거웠다.

돼지가 밖으로 못 나가도록 우리로 막아놓지만 배가 고픈 돼지는 우리를 무너뜨리고 나가 먹을 것을 찾아 이리저리 사납게 헤매는 것을 본 적이 있다.

짐승들도 배가 고프면 사나워지고 사람도 며칠 굶으면 담을 넘는다고 한다.

나도 막다른 골목에서 그 자리에 주저앉을 수 없고 담을 넘어서라도 나아가야 했다. 이렇게 오기傲氣가 발동하여 먹고 살아야 하고 빚을 갚아야 하는 압박이 필사적으로 행동하게 만들었다.

그래서 위법인 줄 알지만 경남에서 영업을 해야겠다고 마음먹었다. 어디에다 영업장소를 정하고 개업을 하면 좋을까? 경남에도 언젠가는 한약업사 시험이 있을 것이라고 믿었다. 다른 시도에서는 시험이 몇 차례씩 있었는데 경남에서만 1962년에 두 번 있었고 그 뒤에는 한 번도 없었기 때문이다.

무의촌 지역을 두고 선발할 것인데 장소가 좋은 무의촌을 미리 선점하여 터전을 잡으면 되겠다 싶었다. 강원도 경험을 살려 농

까치집이 부럽네

촌보다 어촌지역의 경제사정이 좋을 것 같아 하동 노량을 선택했다. 당시 여수와 노량, 삼천포, 부산을 다니는 여객선이 닿는 곳이며 농어촌이 함께 어우러진 곳이어서 좋을 것 같았다. 한편으로 강원도 허가는 휴업계를 번갈아 제출하여 계속 유지하는 데 힘썼다.

그러면 경남 무의촌 지역에서 개업하면 어떻게 될까? 무자격은 아니고 장소 이탈행위가 아닌가? 그동안 보사부 O국장의 면담 과정과 법조인들의 애매한 말에 아전인수我田引水격 해석으로 위안을 삼았다. 지금은 자격증으로 전국 어디나 이전이 가능하지만 그때는 위법이었던 것이다.

올바르고 당당한 길이 아닌 궁여지책으로 모험을 감행했다. 그 당시에는 제법 많은 돈인 8만 원(현재의 5백만 원 정도)을 빌려 방 한 칸 있는 점포를 얻고 기본약재 한 근씩 반 근씩만 갖추었다. 개업하면 문을 활짝 열어놓고 축하받으면서 잔치를 벌이는데 잔치 흉내도 내지 못하고 소리 소문 없이 시작했다. 위험이 따르니 불안하고 가시방석 같은 마음이었지만 좌절 속에 절망하고 이불 뒤집어쓰고 있는 것보다 낫지 않을까 싶었다. 이런 어려운 여건이지만 앞날을 긍정肯定으로 내다보았다.

'총각약국인데 진맥도 잘하고 용하더라.'

좁은 지역이라 금세 소문이 돌았다. 한의원이 없는 지역에 새로 생겼으니 호기심에 너도나도 시샘이라도 하듯 찾아오고 약을 먹고 효험이 좋다는 말까지 전파되기 시작했다. 지역민들은 허가 여부도 상세히 모르고 한약방이 생긴 것을 반겼고 총각약국이라는 타이틀 때문에 호감을 더 사게 되었다.

찾아오는 손님 중에는 처음엔 호기심을 갖고 왔다가 두서너 번 오게 되면 단골이 되어 속내를 이야기한다. 우리 집에 손녀가 있는데 용모와 마음씨 그리고 학벌과 직장이야기를 하며 자랑한다. 듣는 순간 기분이 나쁘지는 않았고 짧막하게 대답한다.

"인연이 있지 않겠습니까?"

어느 직업이나 마찬가지겠지만 인술을 베푸는 나의 직업은 특히 공손하고 겸손하게 말을 해야 한다.

그런데 무허가 영업한다는 소문이 널리 퍼져나가 군 보건소에서도 알게 되었다. 우려의 마음이 있다 보니 보건소에서 단속이 나오는지에 대해 집중하면서 문을 닫는 일이 많았다. 그리고 의

약전문기자들이 냄새를 맡고 불시에 오면 후하게 식사대접도 했다. 개중에는 나의 약점을 알고 약 지으러 오는 사람도 있었다.

"당신 영업하는 데 도움을 줄 테니까 보약 한 제 지어주면 먹어보고 돈을 주겠소."

협박이지만 약점 있는 나로서는 어찌할 도리가 없었다. 사방에서 나를 괴롭히고 힘들게 하고 있는데 이런 험난한 생활이 평생토록 이어질까? 없던 길도 왕래를 하다보면 길이 생기겠지 한 우물을 계속 파라는 말이 있지 않는가? 이렇게 불안해지면 스스로 위안하면서 손님 한 분, 한 분에게 정성을 쏟았고 틈만 나면 의서 공부를 소홀히 하지 않았다.

경남 시험은 언제쯤 있을까? 언젠가는 합격하여 떳떳하게 간판 달고 영업할 때가 올 것이라는 긍정의 희망이 분발하게 하였다.

오늘은 누가 찾아와서 애를 태울까? 한편으로는 손님이 약효가 좋다면서 찾아올 때도 많아서 고락苦樂이 심하게 교차했다. 이런 와중에 안착을 해도 되겠다 싶어 서포에 얼마 되지 않는 부동산을 처분하고 노량에 오래된 여관집을 구입하여 내부수리하고 온 가족이 함께 살면서 결혼도 하게 되었다.

그런데 인생의 길흉화복이 늘 바뀌고 변한다는 새옹지마塞翁之馬가 하루가 멀다 하고 찾아오더니 나에게 최대의 위기가 왔다.

나와 같은 입장에서 시험 준비를 위해 경남에서 공부하는 분들이 상당수 있어 이들과 함께 도청을 종종 방문하여 시험을 실시할 것을 적극적으로 요구하며 지속적으로 생존권 차원에서 투쟁하고 있었다. 이러한 우리들의 요구에 경남도는 그 필요성을 인정하고 시험실시 내부계획방침을 세워놓고 있는 상태였다. 이러한 일로 도청을 자주 방문하다보니 직원들은 안면이 많았는데 어느 직원이 나의 처지를 안타깝게 여겼던지 한 마디 툭 던지는 것이다.

"당신 무허가 영업을 하고 있는 거 아니오? 당신 이번에 걸리면 앞으로 시험이고 뭐고 끝장이니까 완전히 정리하시오!"

선전포고와 같은 말이다.

한참 뒤에 알게 되었는데 내용은 이러했다. 누가 했는지 알 수 없지만 경남경찰청에 나의 무허가 영업에 대한 제보가 올라간 것이다. 그런데 경찰청에서 내사하지 않고 경남도청으로 이첩하여 의약계에서 처리하도록 되어 있었다.

세월 속의 자연도 높고 낮음 그리고 강약이 반복된다. 인간이 작곡한 음악도 고음, 저음, 강약이 어우러져 환희와 슬픔을 느끼게 한다. 나의 삶도 그러했다. 그 혹독한 순간을 좌절할 수 없었고 이겨내야 했다.

이 어려운 순간을 더욱 강한 마음으로 무장하고 당장 급한 일을 정리하고 무허가 영업 흔적을 남기지 말아야 했다.

문을 전부 잠그고 약장을 벽 쪽으로 돌려놓고 온 가족이 이민이라도 간 것 같이 집을 비웠다. 며칠 뒤에 도청 관계자 몇 사람이 조사하러 나와 "누구 없소? 누구 없소?" 고함을 몇 번 지르고 난 뒤에 대답이 없자 집을 이리저리 둘러보고 갔다는 이야기를 이웃사람에게 전해 들었다. 이웃사람들 보는 데서 창피를 당한 것이다. 이런 창피를 당하고도 계속 영업할 사람이 있을까? 얼굴을 들 수 없는 창피였지만 생업이 더 중요했기에 감내해야만 했다. 이때 무허가 영업으로 적발되었으면 약사법 위반으로 시험 응시자격이 상실되었을 것이다.

흔히들 위기 때 살아나는 것을 천운이라고 하는데 내게는 천운이 있었다. 쉴 새 없이 우여곡절을 겪을 때마다 '긍정의 믿음'이 버팀목이 되어 하늘에 있던 선녀가 가련한 나무꾼을 위해 내려와 나에게 하늘의 기회를 주고 간 것이다.

'경남한약업사 시험 공고.'

갈매기 / 지암

제 3 부

노력努力

의衣·식食·주住를 해결하고
성공하기 위한 노력도 중요하지만
자기를 이해하고
자성自性을 찾아 살아가는
노력이 더욱 중요하다.

만리장성의 설중매 / 지암

시련과
영광

피가 마르도록 애태우면서 잠 못 이룬 밤에는 입 안의 수분마
저 말라 혀가 자유롭지 못했다.

애태우면서 갈라진 혓바닥을 찬물로 몇 모금 적시고 가라앉히
며 힘들었던 날들이 옛날이야기가 되었다.

한약업사 시험 일시 1975년 12월 20일
경상남도지사 강영수

공고문을 보는 순간 합격이라도 한 것처럼 손발에 온기가 도는

것 같았고 좋은 것을 잊은 채 먹먹한 상태였다.

"감당 못할 슬픔은 눈물이 없고 감당 못할 기쁨
은 웃음이 없다."
한계를 넘어선 슬픔과 기쁨은 사람의 감정을 표
현하기가 어려운 것이다. 나도 내 감정을 감당하
지 못해서 먹먹했다. 그동안 '긍정의 믿음'이 없었
으면 다른 길로 갔을 수도 있었을 것이다.

한의학 공부를 시작할 때 쉽게 생각했다. 그러나 의서를 보니
어려운 한문이며 다양한 이론으로 이해하기가 어려워 망설이고
있었다. 이때 한의를 가르쳐 주셨던 선생님께서 "막노동하는 사
람은 하루를 먹고 살기 위해 일하고 농부는 1년을 먹고 살기 위
해 고생한다. 그런데 평생 먹고 살 직업을 가지려고 하면 10년은
고생해야지!" 하셨다.
말 한 마디가 인생을 바꾼다고 하는데 내 인생이 시작되는 적
기의 말씀이었다. 올바른 말을 듣는 것은 복의 씨앗이 된다. 미

리 알고 터득한 일이 아니지만 잘 되리라는 믿음의 결과였다.

전국에서 얼마나 많은 사람이 응시했던지 15대 1의 경쟁률이었다. 최종 합격자는 43명, 그중에 나의 이름이 들어 있었다. 선생님의 말씀처럼 평생 먹고 살 직업이 10여 년 만에 이루어졌다. 긴 세월이었지만 어느새 지나가고 과거시험에 합격한 것처럼 감격이었다.

한의학 공부를 하도록 원인을 제공하신 분은 아버지였다. 생명이 다할 때 모든 것을 털고 전한다고 했는데 아버지는 몸져누워 계시면서 한약을 지어 오라고 하셨다. 아버지가 고향을 떠나지 않았으면 나는 다른 인연으로 흘렀을 것이다.

그러나 아버지가 얼마 살지 못할 날을 예측이라도 한 듯 쫓기듯이 객지로 와 몸져누워 나에게 한약 심부름을 시킨 것이 우연일까?

우주의 섭리 같다. 옷깃만 스쳐도 전생에 인연이라고 했는데 권 선생님과 인연이 되도록 하신 것이다. 아버지는 생전의 염원을 구천에서 음덕으로 주셨고 어머니는 어머니가 가진 전부를 정성으로 모아 주신 것이다.

아버지의 약 심부름으로 저녁 달빛에 산길로 걸어오다가 억새풀이 흔들거리는 것을 귀신으로 착각하고 혼비백산했던 일도 간담을 키워 주신 것이고 죽을 것만 같은 위기 때 살기 위해 열일곱 살에 집을 지으면서 사는 길을 알게 되었다. 어머니와 어린 동생들을 바라볼 때마다 책임감이 양쪽 어깨를 누르고 있어 함부로 벗어 던질 수가 없었던 것도 한몫을 한 것 같고 강원도에서의 시험은 나에게 예행연습이었다. 강원도 시험을 통해 출제방식과 범위를 알게 되었고 강원도 시험이 경남 시험을 대비한 것이었으며 방향 제시가 된 것이다.

강원도 산골지역에서 5일 동안 영업 또한 인생의 낭비가 아니었다. 오늘을 생각해보면 얼마나 중요한 경험인가? 경남 무의촌을 물색하면서 좋은 장소 하동 노량을 택한 것도 그때의 체험 덕분이다.

그리고 청와대 L씨를 만나서 권력과 정치를 알게 되었고 권력과 정치의 속성도 알게 되었다. 돈이 있으면 권력이나 명예를 갖고 싶은 것이 인간의 보편적 마음인데 나도 그렇게 되었을 가능성이 많았다. 하지만 그를 만남으로써 발 디딜 곳이 못 된다는 것도 이때 깨달아 내 인생에서는 그나마 큰 다행이 아닐 수 없다.

그 당시 보사부 O국장과의 면담이 내 삶의 방향제시가 되어 오늘까지 중요한 참고가 되었다. 한약업사 허가 전국 자유이전 제한규정이 모순이었다고 하면서 앞으로 해제 전망을 들은 것이 무허가 영업을 시작하는 데 동기가 되기도 한 것이다.

무허가 영업 또한 중요한 경험이었다. 조심성과 인내를 배웠고 하심을 갖게 되었으며 경남 합격을 위해 한의서 공부를 더 깊이 있게 하도록 한 채찍질이었다. 안전한 의원이 되도록 혹독한 인턴 과정을 밟은 것 같고 어려움을 겪고 시작하도록 한 것 역시 인생살이를 단단하게 만들기 위해 얼마나 값진 일들인가!

전국 각지에서 같이 합격한 동기 분들은 생소한 낯선 곳에서 자리 잡기 위해 안간힘을 다했지만 나는 미리 고통을 받으면서 터전을 잡아 앉은 자리에 개업하였으니 얼마나 좋은가.

어린 시절 산에 나무하러 갔을 때 지게자리가 중요했다. 풍성한 곳에 지게자리를 잡으면 한 짐 가득 쉽게 짊어지고 올 수 있지만 메마른 곳에 지게 자리를 잡으면 힘들게 노력해도 일어서다 고꾸라지는 경우도 있다. 다행이었다. 나는 풍성한 곳에 미리 지

까치집이 부럽네

게 자리를 잡아 기반 조성을 해 놓은 곳에 잔치가 시작되었다. 어머니의 근심 어린 주름은 어디론가 사라지고 손님과 어울려 앉아 있는 모습 또한 여한이 사라진 것 같았다.

몇 년 전에는 소리 소문 없이 숨죽이고 시작했는데 축하전화가 끊이지 않았고 친인척과 이웃사람들도 몰려 왔다.

그 모습은 높은 산 철쭉꽃이 추위에 견디다가 늦게 만개되어 관광객들이 즐기는 광경과 같았으며 간판도 없이 가슴 졸이면서 힘들게 운영했던 지난 일들이 축복 속에 흥얼거림과 웃음소리로 가득했다.

제일 좋은 목재에 변질되지 말라고 공들여 여러 번의 니스칠을 하고 '명성한약방明性韓藥房' 간판을 달았다. '명성明性'이라는 상호는 나의 이름인 용백容白을 참고하였다.

'밝은 성품으로 인술을 펼쳐라.'

불가에서는 '자등명自燈明'이 곧 '법등명法燈明'인데 자기 마음의 등불을 밝히는 것이 불법을 밝히는 것과 같다는 뜻이다.

'명성明性!'

나의 철학이며 삶의 좌우명으로 삼았다.

정식으로 개업하고 손님을 맞이했다. 지루한 장마가 지나가고 난 뒤의 맑고 따뜻해진 날씨처럼 나의 삶도 평온하고 즐거웠다. 환자 진맥하고 상담하는데 전력할 수 있었다. 정식 개업으로 약방의 분위기와 면모가 바뀌자 찾아오는 환자가 많아졌다.

'영업은 실력도 갖추어야 하고 광고 또한 중요하다.'

우리나라뿐만 아니고 세계적인 인류기업에서 우수제품을 만들어도 광고하지 않으면 살아남지 못한다. 반대로 하찮은 제품이라도 광고를 잘해서 매출이 늘어나기도 한다.

나는 광고의 중요성을 알고 있었기에 여수문화방송에 의뢰하여 매일 광고 하였다. 방송시간도 특A시간인 낮 12시 정오뉴스 5분 전!

"여러분의 건강을 지키는 명성한약방."

"하동 노량에서 개업. 전화는 000-0000."

남해, 하동, 사천, 삼천포, 광양이 관할 청취지역이었다. 요즘같이 채널이 다양하면 광고효과가 떨어지겠지만 그때는 KBS와 MBC 두 곳 뿐이어서 효과가 엄청났다. 그리고 하동군과 남해군에서는 유일무이하게 '명성한약방' 광고뿐이었다. 어느 날 여수

문화방송국장과 고위관계자 몇 분이 나의 약방을 방문하여 읍도 아니고 바닷가 초라한 집에서 광고를 계속하는 것을 의아하게 생각하기에 촌에서 광고비 지출이 힘들다고 했더니 하동 남해 지역 모델케이스로 기준 금액에서 반값으로 배려하여 장기간 광고할 수 있게 해주었다. 방송을 듣고 도서지방에는 배를 대절해서 찾아오는 환자들이 늘어나게 되어 주위 식당과 다방 심지어 개인택시 하는 분들에게도 이익이 되었다. 그런데 사람 일이란 것이 늘 그렇다.

돈이란 갈증이 날 때 바닷물을 마시면 더 갈증이 심해지듯이 벌면 벌수록 갈증이 더해진다. 욕심이 채워지지 않고 더해졌다.

먹고 살기가 힘들 때는 의식주 해결만이 최상이라 생각했는데 이제는 부자로 살아야겠다는 욕심이 번민으로 나타났다. 골짜기에서 작은 땅에 농사지을 때 반듯하고 넓은 들판의 논이 얼마나 부러웠던가!

진주시내에 집 한 채라도 있으면 부자소리 듣는 것인데 꿈을 하나씩 이루고 있었지만 또 다른 곳에 눈독을 들이니 욕심이 끝이 없었다. 지금 생각해보면 만족할 줄 알아야 했는데도 어리석은 욕심에 삶의 노예였던 것이다.

욕심을 버리고 나니 나의 직업이 만족스럽다. 작은 인술仁術로 사람들의 위로가 되고, 삶을 나누고 보듬을 수 있어서 고맙다. 정년퇴직도 없고 늙어갈수록 경험이 많다고 하여 더욱 신뢰받는다. 농촌지역 노인들은 손바닥이 갈라지고 군살이 붙어 거칠어진 것을 본다. 병환으로 고통스러워하고 추운 겨울 흙 묻은 장갑을 낀 채 코와 입을 막고 일터에서 오시는 아버지의 모습이 떠오른다.

'명성 상호 상생 정신'
밝은 마음으로 좀 더 인술仁術을 베풀고 아픈 사람들을 위로하려고 노력하지만 부족함이 많아 안타까울 따름이다.

인연과
결혼

인연 / 지암

인연이란?

자기 마음속에서부터 시작하여 씨앗을 심어 환경에 따라 자라면서 영역을 뻗어 가는 과정이 아닐까 싶다.

종교주의자들은 직접적인 인因을 중요시하여 심성의 선악善惡에 따라 천국과 지옥으로 나누고 사회주의자들은 간접원인 연緣을 중요시 여겨 사회정책 및 제도의 중요성을 따지고 있다.

그러나 인연은 그림자를 쫓지 말고 사실과 있는 그대로 바르게 파악하고 맺는 것이 후회가 없다.

나의 아내는, 바닷가에 인접한 경남 사천시 서포면 내구리 굴포 마을에서 아버지 김구인金龜仁 공과 어머니 박두선朴斗善 여사의 8남매 중 차녀로 1952년 음력 11월 27일에 태어났으며 이름은 김향연金香蓮이다.

스물한 살 때 나와 결혼하여 2남 1녀를 낳았는데 인연은 이렇게 맺어졌다.

내가 사천 서포로 이사 온 집 옆에 아내의 고모 논이 있었다. 아내의 고모는 고개 넘어 이웃마을에 사셨는데 논에 오시면 어머니와 이런저런 이야기를 나누다 가셨다. 이러다보니 우리 집 속사정을 저

절로 알게 되었고 나의 성장과정을 자연스럽게 지켜보게 되셨다.

내가 한의학을 시작할 때부터 관심이 많아지면서 친근감을 나타내고 강원도 시험에 합격하고 난 뒤부터 조카딸에 대한 자랑을 하더라는 말을 어머니로부터 전해 들었다. 눈치를 챈 어머니는 덧붙여 이런 말씀을 하셨다.

"그 처녀 집은 부모는 물론이고 할아버지, 할머니도 살아 계시며 농사를 많이 지어 부자라고 하는데 우리는 가난하고 애비도 없는데 턱도 없는 일이다."

결혼 조건으로 조부모님이 살아 계시는 것과 농사 많이 짓는 것이 우선이 될 수 있을까? '턱도 없는 일이다.' 이 말을 듣는 순간 자존심이 건드려지는 여운이 남았다.

그 후에 강원도 허가를 경남으로 이전하기 위해 청와대 L씨의 사조직인 사천군 청년조직부장을 맡아 지역을 돌아다닐 때였다. 관내에서 1년 반을 활동하다보니 지역유지나 영향력 있는 분들을 대부분 알게 되었는데 하루는 처녀 아버지를 길가에서 만나 당돌하게 내가 하는 일에 협조를 부탁드린다고 했더니 의외의 말씀을 하셨다.

"약국이나 하지, 정치한다고 하는가?"

왜 이런 말씀을 하셨는지 진의를 알 수 없지만 나에 대한 관심을 가지고 계셨던 것 같다.

L씨가 공천에 떨어지니 나 또한 처량한 신세가 되어 앞날이 캄캄하고 허탈감에 빠져 있는데 이웃마을에서 아픈 사람들이 한 명, 두 명 찾아와 나에게 침구를 받고 가기도 했는데 효과를 보고 두 번, 세 번 오는 사람도 있었다.

이러한 때 처녀의 고모가 찾아와 친정 올케(처녀의 어머니)가 아파 누웠는데 내가 오기를 희망한다고 하였다. 갈 처지도 아니고 총각의 몸으로 중매 말이 오가는 처녀 어머니를 위해 약을 짓고 침구를 위해 가는 것이 내키지 않는 일이었지만 처녀에 대한 말을 많이 듣고 호기심이 생겨 가겠노라고 대답했다. 처녀의 어머니는 방에 누워 일어나는 것조차 매우 힘든 상태였다. 나를 많이 기다렸던 모양이다.

"멀리서 온다고 수고 많았소. 누워 있는 것도 하루 이틀도 아니고 귀찮아서……"

그렇게 빨리 낫도록 해 달라고 당부를 했다. 그때 처녀의 어머니는 40대 젊은 나이에 몇 개월을 누워 있었다.

까치집이 부럽네

'얼마나 답답했으면 어려운 자리인데 이런 말을 서슴없이 할까?'

약재가 없어 약을 지을 수가 없었고 침·구는 할 수 있어서 정성껏 해드렸더니 살며시 일어나 앉아 하는 말씀이 한 번 더 침을 맞으면 안 되겠느냐고 하셨다. 침구는 그 자리에서 효과를 볼 수 있는데 처녀 어머니도 즉시 효과가 있었다.

"약은 하루 3회 복용할 수 있는데 침구는 하루에 두 번 하지 않습니다."

침구를 한 번 더 하고 며칠 뒤 호전되어 걸어 다닐 수 있게 되었다.

그 후에 설날이 다가오는데 처녀의 고모는 친정에서 굴을 가지고 왔는데 전굴인지 어머니께서 떡국을 끓였는데 더 맛있다고 하셨다. 이러한 인연으로 교감이 두터워졌다.

몇 개월이 지나고 하동 노량에서 막내 여동생을 데리고 무허가 영업을 하는데 '총각약국'이라 하여 여기저기서 중매가 들어와서 한 곳은 성화에 못 이겨 가 보았지만 고개를 돌렸다.

'마음 쏠림은 두 곳이 아니었고 한 곳이었다.'

인간의 중요한 세 가지 사건은 태어남, 혼인, 죽음인데 이 중 혼인은 자기가 선택할 부분이다.

옛날에는 부모의 일방적 결정으로 혼인하게 되어 맞지 않는 결혼 생활로 고통스럽기도 했지만 요즘 젊은이들은 감정만 앞서서 결혼했다가 평생 후회하는 경우가 많다.

그러니 바람직한 방법은 당사자가 서로 깊이 사귀기 전에 부모에게 인사드리고 부모 의견을 반영하여 결정하는 것이 후회가 적을 것이다.

어느 날 서포 면사무소에 볼 일이 있어 어머니 계시는 곳에서 자고 아침 첫차로 가는데 도중에 정차하여 여러 사람들이 타는 장소를 보니 내 생각에 지워지지 않는 처녀가 사는 마을의 젊은 남녀들이었다. 나이 드신 분에게 자리를 양보하고 일어섰는데 앞뒤로 여러 사람을 볼 수 있었다. 그런데 누가 말했는지 모르지만 "하동 노량 약국도 있네. 한 번 봐라." 하는 작은 말소리가 들렸다.

차가 가고 있는데 5분이나 지났을까. 어떤 처녀가 뒤돌아 나를 쳐다보는 것이다. 나도 자연스럽게 보았는데 처녀는 고개를 돌렸다. 야릇한 기분이었는데 조금 있으니까 그 처녀는 나를 한 번 더 뒤돌아보는데 그냥 스치는 눈빛이 아니었다. 낯선 사람도 호감으로 끌리는 시간이 2~3분이라고 했는데 나도 그러했다. 어머니로부터 종종 들었던 말과 관심이 있어서 보는 순간 그 처녀라는 것을 느꼈다.

처녀는 언니와 형부 그리고 이웃 분들하고 가을걷이를 마치고 진주 개천예술제를 구경 가는 길이었다. 중간에 내려 면사무소 일을 보고 약방으로 왔는데 그 모습, 형상이 사라지지 않았다. 흔히 결혼 말들이 오가는 과정에 잡다한 말들이 생기는 경우도 있는데 그동안 다져 온 신뢰로 순탄하였고 처녀의 고모는 친정집과 우리 집을 오가며 인연을 맺어 주려고 서둘렀으며 순리대로 진행되어 결혼하였다.

결혼하고는 아버지에게 큰절을 드리지 못하는 아쉬움으로 눈물이 쏟아지면서 살아 계셨으면 얼마나 좋아하셨을까, 고생하다가 세상 떠난 모습이 생생해서 슬펐다.

아내는 시집 와 2남 1녀를 낳았다. 나의 장손 이름은 자복自福인데 자복自福이라는 이름을 짓게 된 것은 현실적으로 이해할 수 없는 신기한 일이 있었기 때문이다.

며느리가 임신하고 있는 중에 아들과 며느리가 같은 날 밤 꿈을 꾸었다. 아들은 동자의 꿈을 꾸었고 며느리의 꿈에는 남편이 말하는데 자식이 태어나면 이름을 '자복'이라 지을 것이라고 종이에 써서 펼쳐 보이는데 '복은 스스로 가지고 있는 것'이라고 뜻을 풀이한 내용까지 선명하게 보여 주더라는 것이다. 나는 이 말을 전해 듣는 순간 길몽이라 여겼고 아들 손자가 태어날 것을 예견하였는데 역시 아들 손자가 태어났다.

기쁜 마음에서 '자복'을 호적 신고하려고 서둘렀는데 아들과 며느리는 신세대에 어울리지 않는 이름이라고 망설이는 것이었다. 그러나 나는 꿈도 좋고 이름도 좋아 물러서지 않고 그 당시 금산 보리암 동욱 주지 스님께 자초지종을 말씀드리고 여쭈어 보았다.

"자복이란 뜻이 좋으니까 그렇게 지으면 좋겠네요."

사실 복이란 지어야 되는 것이지 그냥 되는 법은 없으며 혹시 로또같이 복권에 당첨되었다 하더라도 스스로 지은 복이 아니라면 신세만 망쳐놓고 떠나 버린다.

나의 어머니는 성격이 직선적이고 괄괄하셨다. 고부갈등이 있을 법도 한데 아내는 이해와 인내로 무난히 모시고 살았으며 어머니가 92세부터 2년 동안 몸져누워 계셨는데 미음보다 비타민C가 풍부하게 들어 있는 녹두죽을 만들어 먹여드리는 정성은 지극했고 간병하며 수발하는 모습을 보면 보살의 마음이었다.

어머니가 떠나시기 전 아내의 손을 꼭 잡고 얼굴을 보면서 "고생했네, 수고했네." 하셨다고 한다. 어머니가 떠나시는 날도 묽은 녹두죽을 드시다가 아내가 안고 있는 자세에서 숨을 거두셨다.

부모가 세상을 떠났을 때 눈물을 많이 흘리는 자식은 부모에게 잘못했을 때 죄책감과 아쉬움 때문이라는데 아내는 눈물이 나지 않는다고 했다. 생전에 한 점 부끄럼 없이 봉양을 잘했기 때문일 것이다.

하늘과 땅보다 더 큰 어머니 은혜를 갚을 길이 없지만 어머니께서 "고생 많았네, 수고했네." 이 말씀 남기고 가신 것이 위안이 된다.

나를 대신해 효도를 다한 아내에게 고맙고 감사할 뿐이다.

평사리의 가을 / 지암

기절氣絶과
전기轉起

보리암 성지 마당에서 쓰러지고 기절한 적이 있다.

이로 인해 나를 성찰하고 이해하게 되었다. 이 성찰과 이해는 나의 삶을 바람직한 방향으로 살아가게 했다. 일상생활에서나 환자들의 삶을 성찰하고 이해하게 되었다. 병은 처음에는 아주 작은데서 비롯되어 큰 병으로 진행된다.

사람들은 어떤 커다란 물질로 인해 병이 생긴다고 생각할 수 있겠지만 현미경으로 봐도 잘 보이지 않는 작은 세균에 의해서 사람이 죽는 경우가 더 많다. 뇌졸중이나 심근경색도 처음 증상은 두통이나 가슴 조임 정도로 가볍다가 악화되면 고통스러워하

까치집이 부럽네

고 쓰러지면서 구급차를 부르고 응급실로 실려 가게 된다.

이렇게 어리석은 중생들은 큰 변화가 있을 때에야 비로소 소 잃고 외양간을 고치듯이 사후약방문격으로 인생을 산다. 그러나 도道를 이룬 사람들은 불씨를 미리 보고 바르게 보고 행동한다.

나 역시 자아성찰을 하지 못한 어리석은 중생이었다.

따뜻한 봄날 아내와 처가 식구들 8명이 어울려서 먹고 놀려는 들뜬 마음으로 남해 금산 보리암 구경을 갔다.

보리암은 초등학교 4학년 때 처음 가본 곳으로 기암괴석과 어우러진 경치 좋은 곳으로 기억에 남아 있었다. 산비탈 잔디 있는 곳에서 아내 형제들이 준비해 간 여러 가지 음식들을 펼쳐놓고 돼지고기를 굽고 매실주를 한 잔씩 하였다.

우스개로 떠들썩하였고 밥이며 과일을 맛있게 먹으면서 남은 음식은 구경하고 난 뒤 먹자고 하면서 기분 좋게 올라갔다. 보리암은 기암괴석 가운데 있어 마당이 협소한 편이다. 암자 마당에 도착하여 물 한 잔 마시고 동해 쪽으로 바라보니 크고 작은 섬들이 보리암을 보고 반기고 있는 것 같았다. 오른쪽 보리암 법당 반쯤 열린 문 사이로 관세음보살을 살짝 보면서 지나 종각 앞까지 갔는데……. 그만 정신이 몽롱한 상태에서 쓰러져 기절했다.

같이 간 일행이 나를 일으켜 부축하였을 때 의식이 돌아왔지만 하늘이 빙빙 돌면서 어지러웠다. 다급한 나머지 스님 허락도 없이 스님 방으로 들어가 누웠는데 난생 처음 당한 일이라 두려움이 생기고 불안이 가중되었다. 조금 안정이 된 뒤 집으로 와서 방에 드러누웠다.

어머니는 "왜 그러노? 어디 아프냐?" 하며 안절부절 못하셨다. 딱히 아픈 곳도 없었고 넋이 나간 것 같이 멍한 상태였다. 어수선하게 자고 나서 어제 일을 곰곰이 생각해 보았다. 의약 상식이 있는 나로서 뚜렷한 원인을 알 수가 없어 불안함이 더해졌다.

모든 일들은 이유를 알면 해결하기가 쉬운데 이유를 모르면 두서가 없이 헤매게 된다.

두 잔의 술을 마셨을 뿐이고 과식도 하지 않았으며 발을 잘못 디딘 것도 아닌데 이상하다는 생각에 잠겨있는데 어머님이 옆에서 대뜸 "부처님이 벌을 주신 것이다." 하고 말씀하셨다. 과학적인

까치집이 부럽네

근거가 있는 말씀은 아니었지만 어쩐지 가슴이 찡했다.

　현실적으로 확인되지 않은 충격의 일들은 보이지 않은 미신迷信에 의존하는 심리적 작용이 일어날 수 있다. 어머님이 다시 "돼지고기와 술을 먹고 절에 가서 되겠나? 구경 다 하고 내려와서 먹든지." 하셨다.

　나의 증조할머니는 보리암에서 공을 많이 들이셨다고 한다. 증조할머니는 신심信心이 지극해서 농사지으면 가족 식량은 뒷전이고 쌀 공양을 관세음보살님과 산신각에 먼저 올리고 정성을 다해 공을 드렸다. 증조할아버지는 일찍 세상을 떠나고 남매를 기르는 증조할머니는 일찍 혼자되는 바람에 외할아버지가 곁에서 농사일을 많이 거들었다고 하였다. 이러한 처지에 있었던 증조할머니는 어린 남매를 건강하고 잘 살도록 하기 위해 손발이 닳도록 비비면서 발원發願했을 것 같다. 어머니는 이러한 증조할머니의 공덕으로 할아버지 때에는 동네 부자로 살았는데 할아버지가 세상을 떠나고 난 뒤부터 가세가 허물어지고 가족들이 단명하면서 아버지도 세상을 일찍 떠난 것이라고 말씀하셨다.

　"증조할머니 공 줄이 끊어져 그렇게 된 거 아닌가?"

어느 스님의 법문에서 "기도해서 얻은 재물은 빌린 것이기 때문에 갚아야 한다."고 했다. 증조할머니가 빌고 기도해서 할아버지 때에 잘 살았으면 감사한 마음으로 계속해서 보시 공덕을 해야 된다는 뜻이다. 그러나 할머니와 어머니는 절에 다니는 인연이 없어 이어지지 못한 것이다.

어머니가 말한 공덕功德이란 무엇일까? 정성을 다함이 아닐까? 만물에 대해서 공功을 쌓고 사람들에게 베풀면서 사는 것이 덕德이 아닐까 싶다.

"과일나무에는 공들이지 않으니까 따 먹을 것이 없고 인간은 베풀지 않으면 얻어지는 것이 없다."

이러한 도리道理는 계속 대대로 이어져야 했는데 아쉬운 부분이다.

우리나라 3대 관음 도량 중 남해금산 보리암은 관세음보살이 살아 현현하는 도량이라고 한다. 38경을 갖춘 경관이 가장 수려한 곳. 보리암은 의상대사가 창건한 절로, 현종이 왕실의 원당으로 삼은 일과 이성계의 백일기도 등극 등으로 역사적으로 유명하다. 이러한 이성계의 전설 때문인지 불교와 인연 있는 대통령 출마자들은 법당 안에 소원성취 등을 달고 스님이 축원까지 한다. 그리고 N대통령은 어머니가 오래 머물면서 아들 당선을 위해 기도하였고 군인들은 승진하려고 하면 이곳 보리암에서 기도해야 이루어진다는 유래가 있어 암암리 남모르게 기도한다고 한다.

보리암의 종 이름은 원음종圓音鍾이다. 이 종은 당시 남해 국회의원 신동관 부인 이정림(정도심) 보살이 발원하여 시주하였는데 종을 운반할 때 오산 미군기지에서 대형 헬기로 옮겼다. 이때 법산法山 스님이 동승하여 하늘에서 내려다본 금산의 절경은 금강산을 옮겨놓은 신선경계 같았고 보리암의 단아한 모습은 도솔천 내원궁 같았다고 하였다. 원음종에 새겨진 내용은 이러하다.

남해금산 무한한 경치여!
하늘 끝 구름 밖에 이 종소리
삼라만상이 다른 물건이 아니니
한 생각 일어나지 않았다 해도 오히려 밝지 못함이로다.
아자자(阿剌剌: 활짝 웃는다는 뜻)

이 종명은 경봉 대선사께서 지어 쓰셨는데 당시 보리암 주지 양소황 스님이 먹 갈고 종이 붙잡아 드리면서 썼다고 한다. 보리암은 끝이 보이지 않는 동해 태평양을 바라보는데 가까운 곳에 있는 섬들이 세존도섬, 목탁섬, 요령섬들로 암자에 어울리게 마주보고 있어 신기하다.

보리암은 영험 있는 도량으로 한 가지 소원을 들어준다고 하여 전국 각지에서 모여들어 법당 안에는 주야로 기도 염원이 끊이지 않는다.

왜 하필이면 보리암 앞마당에서 쓰러졌을까? 증조할머니의 염력念力일까 생각하니 다행스럽게 여겨진다. 나도 증조할머니처럼 공덕을 빌고 닦아야겠다고 다짐하고 일요일은 모든 일을 제쳐둔 채 아내와 함께 아침 일찍 보리암으로 갔다. 엎드려 절하는 것도 가부좌 하고 앉아있는 것도 힘들고 경經의 소리도 한 마디 이해할 수 없고 예불하는 그 시간이 지루하기만 했다.

그래도 '자식들 건강하게 자라고 좋은 대학 졸업해서 잘 살도록 해주시고 내가 운영하는 약방에 오는 손님 모두가 부작용 없이 효력이 많이 나도록 해 주십시오' 하고 빌었다. 이렇게 빌어보

까치집이 부럽네

니 믿고 의지하는 마음이 생겨 편안함이 생겼다.

인간은 누구를 만나느냐에 따라 운명이 바뀌고 무엇을 보고 듣느냐에 따라서 달라진다고 하는데 나는 영문도 모르고 스님이나 옆 신도들이 하는 모습과 행동을 따라하면서 이기주의적 기복신 앙에 열을 올렸다.

그러나 부처님이나 예수님의 도움으로 살아가는 것이 아니고 자기가 하는 일에 공 들이고 스스로 노력해서 얻어지는 것을 깨닫게 되는 시작이기도 했다. 그리고 자신의 운명은 스스로 살아가야 하며 마음 쓰는 법과 세상 살아가는 법을 배우는 전환의 계기가 된 것이다.

기도와
명현가피冥顯加被

남해금산 보리암에 다니며 기도한 지 10년이 넘는 세월이 흘렀다.

사시예불巳時禮佛은 9시 30분부터 시작하는데 초하루 보름 관음제일 일요일에는 신도가 많아서 아침 일찍 가지 않으면 법당 안이 좁아서 들어갈 수가 없다.

그동안 초보적이지만 예불하는 방법과 불교 진리를 배우고 익히며 근기根氣를 놓지 않고 열심히 기도했다.

기도 내용은 가정, 자식, 그리고 내가 하는 일이 잘 되기를 바라는 기복起福이었다.

기도를 하면 부처님이나 관세음보살이 손에 쥐어 주지는 않지만 믿음 자체가 마음을 편안하게 해 준다.

보리암에 가는 날이라고 정신을 가다듬던 어느 날, 그 날은 여느 때와는 다르게 기분이 좋고 마음이 평온한 상태에 도착하여 예불 전 절을 하는데 평소와는 다르게 집중이 되었다.

남해 용문사는 지장도량이라 예불할 때 '지장보살'을 독송하지만 보리암은 '관세음보살' 독송을 30분 정도 한다. 스님의 목탁소리와 독송을 따라하는데 절을 하다가 힘들면 앉고 절하고 염주 돌리기를 반복하다가 앉았다. 시간이 얼마 지나갔는지도 모르는 상태인데 정신이 고요해지면서 목탁소리와 관세음보살소리만 아련하게 들리며 잠이 든 건 아닌데 설명하기 힘든 불가사의한 일이 나타났다.

맑고 깨끗한 얼굴의 백발노인이 옻칠한 네모상자에 경단 떡을 보기 좋게 쌓아 내 옆에 가지고 오셨다. 눈을 뜨면 없어질 것 같아서 가만히 눈을 감고 있었다. 법당 안은 계속해서 독송소리와 목탁소리가 들리고 나는 긴장한 상태였는데 노인이 떡 상자를 받으라고 내밀었다. 받는 순간 눈을 번쩍 뜨게 되었다.

'관세음보살의 화신일까? 아니면 산신령의 화신일까?'

의미는 모르지만 가슴이 벅차면서 온 세상을 얻은 것과 같은 기분이었다. 흥분 상태에서 예불을 마치고 관세음보살 앞에 정성 들여 삼배를 하고 해수관세음보살과 산신각 앞에서 벅찬 마음으로 절을 올렸다. 마음은 가라앉지 않고 떡을 주신 형상이 자꾸만 떠오르면서 집으로 오는 길이 즐거웠다.

"나 오늘 기분 좋은 일이 있었다!"

아내에게 짤막하게 말하니까 궁금해 하면서 구체적으로 이야기하라고 졸랐지만 꾹 참았다. 좋은 꿈은 말하지도 말고 팔지도 말라는 어른들의 말씀이 뇌리에 남아 있었던 것 같다. 귀한 선물을 받은 것을 아내에게 조차 숨기고 오래도록 간직하고 싶었다. 이러한 일이 있고 나서부터 신심信心과 발심發心이 더해졌고 더욱 욕심이 생겨 보리암에 자주 다니면서 기복祈福 기도를 했다.

금산의 사계절 모습은 다르지만 내 마음에는 한결같은 안식처이다. 더운 한여름에 보리암에 올라가면 확 트인 동해 바다에서 오는 시원한 바람이 마음에 묻어 있는 먼지를 털어 내어 주는 것과 같고, 가을에 가면 여러 종류의 나무들이 어울려 온 산에 오색 단풍이 든 것을 보면 극락세계에 온 것 같으며, 겨울에 가면 칼바람이 얼굴을 때려 시리고 아프게 하지만 법당 안에 들어가면 마냥 포근하다.

밤도 아닌 대낮에 그리고 꿈도 아닌 기도 중 경단 떡이 가득 쌓인 상자를 무의식중에 받은 것이 내 마음속 소중한 보물로 간직되어 있다.

창고에 곡식을 가득 쌓아 놓은 것 같은 만족감으로, 채움으로, 편안함으로, 두려움이 사라지고 즐겁고 행복하게 될 것 같은 느낌! 보리암 가는 길이 습쩝이 되어 마냥 즐거웠다.

몇 개월 뒤에 궁금증 때문에 동욱東旭 주지스님에게 그대로 말씀드렸다. 몽중가피夢中加被, 즉 꿈속에서는 허다하게 받지만 기도 중에 받은 가피加被를 명현가피冥顯加被라고 하는데 스님들도 받기가 어려운 것을 불심佛心이 깊어 받았다고 하면서 자손대대로 재복財福을 받을 것이라고 풀이해 주셨다. 믿음 속에 환희심歡喜心이 생겨 기도와 불경 외는 것을 열심히 했다.

사실 나는 가피를 받고 난 뒤부터 내가 해서는 안 될 일은 꼭 제3자가 방해를 해서 못하도록 되고 그것이 내게는 좋은 결과가 되어 여러 번 경험하고 나니 좋은 가피加被를 받은 우연의 일치라는 생각도 하게 되었다. 그 한 가지 예를 들어본다.

창원시 봉곡동 로터리 옆에 오래 전에 땅을 구입했는데 주위가 개발되면서 건물들이 다투어 들어서고 있었다. 나도 1년의 준비를 끝내고 1997년 5월에 착공했는데 착공한 지 열흘도 못 되어 창원시로부터 공사 중단 지시를 받았다. 인접해 있는 사람이 민원을 제기했기 때문이다.

민원을 제기한 사람은 건물 주인도 아니고 임차인으로 카센터를 운영하는데 땅에 균열이 생기고 영업 방해가 된다는 이유에서였다. 지나친 영업 방해 배상 요구로 쉽게 해결이 안 되고 5개월이 흘렀는데 예기치 않았던 IMF가 터진 것이다. 우리나라 건축 자재의 약 80%가 수입해 들어오는데 환율이 크게 떨어져 계약 공사 금액보다 많은 액수가 추가되어야 완공할 수 있었다.

만약 민원제기를 하지 않았으면 진행이 많이 되어 진퇴양난에 빠졌을 것이고 곤경에 처했을 것이다. 공사의 진행이 많이 되지 않았기 때문에 적은 비용으로 합의하고 끝낸 일이었다.

이 한 번의 예로 가피加被 덕분이라고 의미를 부여하지는 않지만 지금까지 삶을 힘들게 하고 손해 본 일이 없는 것을 두고 연관 지어 보는데 가피를 받고 신심信心으로 정진精進한 결과라 여겨진다. 송원스님이 동양성서東洋聖書인 『반야심경』을 풀이한 일부 내용이다.

"사람은 세상일이 바빠지면 누구나 (잊어버린다)는 현상이 생기는데 이 바쁠 망忙 자를 위로 세워 배치하면 잊을 망忘자가 되는 것이다.

너무 바쁜 나머지 가장 소중한 자신을 어딘가에 버려둔 채 까맣게 잊고 방치해 두고 있는 것이 바로 우리가 살고 있는 이 시대의 모습이 아니겠는가?

인간이 참다운 인간이 되고 자신이 참다운 자기가 되는 곳에 알찬 인생의 충실이 있고 우리 스스로 자기를 넓혀서 확충하지 못하면 우리 인생은 공중분해空中分解 된다고 한다.

자신을 바라보는 (나)란 무엇인가?

자기 응시凝視하는 조용한 반성의 눈을 뜨게 해야 하며 제 마음 제 정신으로 살아가는 오직 하나의 바른 길이다!"

이 같은 깨달음의 경지가 『반야심경』을 해설한 책에 나와 있다.

생활이 풍족해짐에 따라 행복이 가득하게 되면 될수록 생활이 어렵던 시절과는 또 다른 형체의 부족함과 불만을 호소한다. 스스로 자신의 마음을 바르게 비추는 정의롭고 슬기로운 눈으로 자신을 똑바로 지켜볼 필요가 있다. 충족이 육신에 한정되고 물질적인 것일 경우 욕망이 채워지면 채워질수록 허전하고 허망한 것을 깨닫는다.

물은 언제나 빨리 흘러내리기를 바라지만 추위를 만나면 얼어서 굳어지는 것인데 빨리 녹을 수 있는 연緣을 만나고 싶어 하는 것이 아닐까?

실천은 어디까지나 머무르지 않고 멈추지 아니 하는 것이며 작은 자신의 존재에 사로잡히지 않고 작은 감정이라도 걸리는 일이 없는 자유자재의 활동인 것이다.

제약制約이나 제압制壓을 뿌리치고 자유가 되는 것도 어려운데 더 나아가 자신의 감정이나 본능적 지배를 받지 않고 욕망으로부터 자신을 해방하여 바르고 자유롭게 행동하는 것은 더욱 어려운 일이므로 수행정진修行精進이 필요하다.

나는 보리암 마당에 쓰러져 기절한 것이 동기가 되어 외향적 성취나 업적을 추구하던 것에서 내면의 세계를 들여다보게 되었다.

눈을 뜨나 감으나 의식 속에 망상, 공상, 환상의 그림자를 따라가지 않고 있는 그대로 진실을 바르게 보는 것 그리고 내 마음을 붙들고 있는 것이 무엇인지 분별하여 그것을 바라보기 위해 끊임없이 정진하고 노력하고 있다.

명현가피冥顯加被, 받은 것은 의존적이지만 나 스스로 자비를 베풀어 남을 이롭게 하는 가피加被를 지니고 있는 것을 알게 되어 축복이 아닐 수 없다.

까치집이 부럽네

송충이와
정력제

정력精力이란 심신의 활동력, 왕성한 체력, 남자의 성적性的 능력을 말하는데 단순히 성적인 부분만을 일컫는 내용만은 아니다.

한의학적 논리로는 정력精力이란 정기의 힘을 뜻하고 정기精氣는 생명의 원천이며 모든 건강의 근본자리가 정력이요, 총명한 것도 정력이라고 한다.

그런데 평생 한약방을 운영하는 동안 다양한 계층의 많은 사람들을 만났는데 사람들에게는 한결같은 공통적 욕구가 있다. 젊은 사람들도 가끔 그러지만 50~60대 이상 남자 분들은 대부분 성생활에 좋은 정력이 좋아지는 약재를 넣어달라고 한다.

물론 정력에 좋은 생약을 선별해서 가미해주면 효력은 있지만 그러나 장기적이고 근본적으로 해결해주는 방법은 아니다. 정력 강화는 육체와 정신건강이 함께 해야만 충족된다.

평소 건강했던 청년이 갑자기 정력이 떨어졌다고 찾아왔는데 진맥을 해보니 스트레스를 받고 난 뒤부터였다. 어떤 사람은 불면증에 시달리고 불안 초조하면서 정력이 떨어졌다고 호소하는데 이런 증상 역시 정신신경과 관계가 있는 것이다.

보편적으로 막노동하는 농부나 어부들은 정력이 좋은 반면 연구에 몰두하는 정신노동자들은 성적 능력이 떨어지는 것을 보면 정신소모가 곧 정력소모라는 것을 알 수 있다. 근본이 이러한 데도 불구하고 정력에 좋다는 약만 찾고 동식물을 가리지 않고 막무가내로 먹는다면 이로 인한 부작용이 생길 수밖에 없다.

약방에 오는 환자들이 차례를 기다리는 동안 자기들끼리 주고받는 이야기를 들어보면 증명되지 않은 잡다한 민간요법이며 각종 매체에서 잠시 다루었던 유행하고 있는 약들에 관한 이야기들인데 광고나 소문만 듣고 실제인 양 말하고 있다.

어느 날 어떤 환자가 실감나고 흥미로운 이야기를 하는데 독특

까치집이 부럽네

한 내용이라 귀를 기울여 들어보았다.

하동읍에 살고 있는 S씨에 대한 이야기였는데 이 분은 하동군에서는 재산도 많고, 어느 정도 명예도 가진 분으로 알고 있기에 관심이 컸다. 인간의 욕구는 채우려는 것이 본능이고 욕구 정도에 따라 관심의 크기가 달라진다. 70세가 넘은 S씨도 예외는 아니었다.

풍족한 생활로 부러울 것은 없지만 정력이 만족스럽지 못해 그 부분을 채우기 위해 관심을 갖고 살았던 것 같다.

어느 날 S씨가 손님과 다방에서 한가하게 차를 마시고 있었는데 젊어 보이는 몇 사람들이 옆 테이블에 둘러 앉아 정력에 관해 이야기하는 것을 듣게 되었다. 자기가 갈망하는 이야기였다.

"어이! 자네들 중에 송충이 먹어 본 사람 있나?"

"송충이를 어떻게 먹어?"

"송충이를 푹 고아먹으면 정력에는 그만이야! 내가 아는 사람도 송충이를 고아먹고 엄청 효력을 보았다고 하더라."

사실은 근거도 없이 자기들끼리 어디선가 듣고 장난삼아 하는 이야기를 옆에서 듣던 S씨는 확실하게 믿었던 것이다. S씨는 홀러가는 말을 온 몸으로 받아들이고 흥분 속에 서둘러 집으로 와서 머슴 두 명을 불러 아무에게도 말하지 말라고 당부하면서 지시했다.

"내일 모든 일 제쳐 두고 산에 가서 송충이를 잡아오너라."

머슴들은 영문도 모르고 어리둥절한 상태로

"그걸 어디다 쓰려고 합니까?"

"너 알 바 아니니 시키는 대로 해라."

그리고 송충이 잡아올 바구니며 장갑까지 챙겨가라는 말까지 세세하게 지시했다. 머슴들은 어디에 무엇을 할 것인지 궁금했지만 더 물어보지 못하고 송충이를 잡아왔다.

S씨는 손수 즉시 가마솥에 물을 붓고 송충이를 넣어 장작불로 끓였는데 가마솥에 김이 나자 성급하게 한 컵 떠서 먹었다. 그런데 이게 웬일인가! 그만 복통을 일으켜 병원 응급실로 갔고 이로 인한 후유증으로 고생을 많이 했다고 한다.

보고 듣는 일들을 성급하게 하면 실수하기 쉽고, 성급하게 이루려고 하면 실패하기 쉬우며, 성급하게 움직이면 사고 나기 쉽다.

  그리고 자신의 욕망을 다 채울 수는 없고 가득 채우려고 할 때 물이 넘쳐버리듯이 문제가 생기게 되며 욕망도 공간이 있어야 하며 천천히 채워야 안전하다.

  이웃마을에 부자富者로 사는 G씨도 정력보강만을 위해 종종 부자附子를 돼지족발이나 닭에 넣어 끓여 먹었다. 부자附子는 독성을 제거하고 적게 먹으면 약이 되지만 독성을 제거하지 않고 과다하게 먹으면 사망할 수 있어 사약을 만들 때 사용했는데 G씨는 정력보강에 좋다고 먹다가 저승길로 갔다. 이렇게 일시적 쾌락을 바라는 욕구로 인해 생명을 잃는 경우가 있다.

  진주로 약방을 옮기고 난 뒤의 일이다.

  칠암동에 사는 72세 된 K노인이 약방에 왔는데 열굴 혈색은 붉었고 고혈압과 당뇨병까지 있는 중에 인삼, 녹용을 넣고 정력에 좋은 약을 지어달라고 한다.

"어르신 평소 무슨 약을 많이 드셨습니까?"

"인삼, 녹용을 장복하다시피 했네."

진맥을 해보니 중풍 오기 직전이어서 말씀드렸다.

"뭐라고? 중풍? 우째서 중풍이 온단 말인가?"

"어르신 체질은 열이 많은 소양체질인데 인삼, 홍삼, 벌꿀, 닭고기, 개고기, 염소고기, 옻나무 등 열 성분이 많은 음식이나 약재는 삼가야 하는데……. 인삼과 녹용이 좋다고 하지만 모든 사람에게 다 좋은 것은 아닙니다. 체질에 따라서 누군가에게는 약이 되기도 하고 독이 될 수도 있습니다."

진맥을 하면서 사람들에게 먹어서 좋았던 음식과 해롭다고 느낀 음식을 말해보라고 하면 거의가 의식 없이 먹다 보니 모른다고 대답한다. 분명히 자기 체질에 좋은 음식, 해로운 음식이 있는데도 생각 없이 먹고 생활하는데 젊었을 때는 면역력이 강해 이겨낼 수가 있지만 나이가 들면 부작용으로 병이 된다. 중풍이 오기 직전 내가 제시한 식생활을 바꾼 덕분에 K노인은 병을 피할 수 있었다.

까치집이 부럽네

자연은 좋은 것만 요구하지 않아서 균형을 유지하지만 우리 인간은 좋은 것만 추구하다 보면 한쪽으로 기울어 균형을 잃게 된다.

식물은 광합성하지 않으면 죽지만 사람은 광합성하지 않아도 식물보다는 오래 산다. 그 이유는 광합성을 하고 자란 잎, 뿌리, 줄기, 열매를 먹고 살기 때문이다.

자연의 이치대로 바다와 산 그리고 강과 들에서 생산되는 것을 자기 체질에 맞게 고루고루 먹고 삶을 게을리 하지 않고 나태에서 벗어나 적당하게 운동하면 건강하고 정력도 좋아진다는 말을 전하고 싶다.

제주도에서 / 지암

약방과
목욕탕

약방운영을 천직으로 생각하고 열심히 연구하고 노력하며 매
진했다.

이러한 결과 매일 같이 환자가 끊이지 않았고 이로 인해 의식
주가 해결이 되면서 만족스럽지는 않지만 다소 여유로운 생활을
하게 되었다.

환자들은 나에 대한 확실한 믿음을 가지고 찾아온다. 환자 중
에는 1년에 몇 번 오는 분도 있지만 몇 년에 한 번 심지어는 10여
년 넘어서 찾아오는 분을 보면 반갑고 나를 믿는 마음이 고마워
서 그분들의 고통과 아픔을 들어주기 위해 성심을 다하게 된다.

까치집이 부럽네

그리고 한약은 양약과는 달리 의료보험 적용이 안 되고 목돈이 들기 때문에 서민들이나 농촌주민들은 다급하지 않으면 한약한 제 먹기가 힘들다.

특히 보편적 생각을 가진 일반인들은 병원을 찾는 것과 한방을 찾는 경우가 다른데 병원은 건물이나 의료시설 같은 것들이 잘되어 있다면 현대과학 그 자체를 믿고 가는 경우가 많겠지만 한약을 찾을 때는 상담하는 사람의 경륜과 경험을 중요시하며 예전에 약을 복용했던 경험을 떠올리며 어렵게 찾아온다.

이렇게 찾아오는 환자들의 간절함을 깊이 인식하지 못하고 생소하고 동떨어진 '목욕탕' 영업을 하려고 마음먹었다.

목욕탕을 짓기 1년 전 외환위기 당시에 미니호텔을 지으려고 기초공사 준비를 하다 방치한 상태로 두고 있었는데 창원시청에서 건축을 재시공하든지 아니면 미관상 정리정돈을 하라는 내용의 공문이 왔다.

어떻게 할까를 두고 망설이고 있었는데 몇 차례 독촉을 받고나서부터 그 지역에 적합한 상권조사를 의뢰해보았더니 목욕탕을 지으면 좋겠다고 했다. 그 당시 진주시는 인구 30만에 목욕탕 수는 120곳 정도 되었고 창원시는 인구 50만에 목욕탕 수는 80곳 정도여서 목욕을 하려면 30분 거리에 있는 북면까지 가는 불편함을 겪는 사람들이 있었다.

'위치도 좋고 목욕탕 지으면 대박.'

이 말에 현혹되어 해보지도 않은 영업을 성급하게 계산해보니 하루 평균 손님 약 500명에 헬스손님 200명까지 예상이 되었다. 경비를 제하고도 한 달 순수입이 상당할 것 같았고 약방수입을 합치면 대단한 수입이 될 것 같아 흥분되는 마음을 감출 수 없었다.

욕심이 발동하는 줄 모르고 수입이 많을 것이란 그 자체만 생각하게 되었고 그에 파생될 수 있는 종합적인 생각은 간 곳이 없었다. 어서 빨리 서둘러 설계하고 시공해서 제일 좋은 목욕탕을 짓고 싶은 생각뿐이고 나의 눈에는 시내목욕탕 간판만 보였다. 사람에게 적당한 욕심은 있어야 되지만 지나친 욕심을 부리고 있었다.

어린 시절 찬 서리가 내릴 때 감나무에 홍시가 한두 개 붙어 있는 것을 쳐다보고 맛있겠다는 생각이 들어 따 먹으려고 감나

까치집이 부럽네

무에 기어 올라가 홍시 달린 가지를 당기니 홍시는 땅에 떨어져 먹지 못하고 박살이 나버렸다. 아깝다고 느끼며 마른 가지에 발을 내리다가 가지가 부러지는 바람에 떨어질 뻔한 아찔한 일이 있었다.

이때도 홍시 따먹을 것만 생각했지 위험이 따른다는 생각은 하지 않았다. 이와 목욕탕 짓기 시작했을 때와 무엇이 달랐을까? 깨달은 자는 잘못된 일을 하지 않을 뿐더러 반복하지 않는다. 그러나 어리석은 자는 잘못된 일인 줄도 모르고 더 반복하며 살아간다.

돈이 모자라 은행대출까지 받아가며 건물을 짓는 데 마냥 즐거웠다. 약방에 힘들게 어렵게 시간 내어서 찾아오는 환자들을 뒤로 하고 목욕탕 시설을 차별화하기 위해 일본 온천도 다녀오고 서울 경기지역 시설이 잘되어 있는 곳을 둘러보며 좋은 부분은 벤치마킹하였다.

그중 특성화, 차별화 했으면 하는 부분을 발견했다.

약탕이었다. 대부분의 목욕탕 약탕은 약탕이라고 써 붙이고 녹차잎이나 약쑥잎을 한 주먹 정도 망사에 넣어 온수배관에 매달아놓은 상태였다. 나의 생약지식으로 볼 때 너무 형식적이어서 우리 목욕탕은 약탕에 초점을 맞추었다.

생약도 자기 피부에 맞지 않으면 부작용이 따르기 때문에 특별한 체질, 다양한 체질을 감안해 아토피, 알레르기, 탈모 및 혈액순환에 좋은 성분을 가진 10가지 약재를 혼합하였다. 삼베보자기에 두툼하게 넣고 보기 좋게 만든 스테인리스박스에 다시 넣어 온수에 담가놓으면 약물이 우러나도록 설치하였다. 그리고 벽에 이러한 광고문을 붙였다.

아토피, 알레르기성 피부, 탈모, 혈액순환에 좋은 생약탕.
생약은 먹어도 좋지만 피부에 스며들어도 좋습니다.
　　　　　　　　　　　　- 한약업사 이용백 직접 혼합 -

1년 가까운 공사를 신바람 나게 하고 개업하는 날이다.
단일 업종 건물 이름 '명성사우나'
지하는 찜질방 2층, 3층은 목욕탕, 4층은 헬스장으로 되어 있었다. 손님이 얼마나 몰려오는지 명절 때 버스를 타려고 긴 행렬로 줄서 있는 것과 같았다. 그리고 주말이나 공휴일에는 손님이 많아 온수의 부족과 수용인원 초과로 일부 손님들이 되돌아가기도 했다. 남탕에 가 보면 락커룸에서부터 옷을 입고 벗는 사람끼리 부딪히고 탕 안에는 누런 피부를 드러낸 채 서서 샤워하고, 앉아서 때를 씻고, 탕 안에 몸을 담근 사람들로 빽빽하다.

'시설이 잘 되어있고 약탕이 좋아서 피부도 좋아진다.'

이러한 소문이 순식간에 퍼져 여기저기서 새로운 손님들이 찾아왔다. 그리고 손님들끼리 주고받는 이야기를 들어보면 피부도 좋아졌다고 하고 탈모에도 효력이 좋으며 팔다리 아픈 것도 나아졌다고 했다. 수입 또한 예상 외로 많아 목욕탕을 잘 지었구나 싶었다.

이렇게 수입이 많은 쪽으로 몸과 마음이 기울어져서 약방운영은 자연히 소홀해졌고 목욕탕 일에 관심이 집중되었다. 진주에서 창원까지 승용차로 한 시간 거리를 손수 운전하며 일주일에 3번은 오후에 내려갔다가 밤 11시경 되돌아왔다.

이러한 과정에 약방자리를 비운 시간에 찾아와 헛걸음하고 되돌아가는 사람이 많아졌다. 대신 할 수 있는 일도 있겠지만 문진과 상담이 필요하기에 내가 있어야 했고 그리고 찾아오는 환자도 나를 보고 찾아오는 것이다. 바꾸어 생각해보면 큰마음 먹고 찾아온 손님들이 얼마나 서운했을까?

"약국 어디 갔소?"

"창원 목욕탕에 갔습니다."

이러한 내용을 이심전심으로 알게 되어 믿음과 신뢰가 무너지는 줄 모르고 눈앞의 이익에 사로잡혀 나는 물속으로 서서히 빠져 들어가고 있었다.

개업하고 4, 5년이 지나니까 예기치 않은 부작용들이 여기저기서 일어났다. 2층 여탕에 전기합선으로 불이 났다. 새벽 2시경에 화재가 나 인명피해는 없어 다행이었지만 락커룸과 천장을 모두 태워 휴무! 수리를 했다.

75세 할머니가 목욕탕 안에서 미끄러져 넘어지면서 의식을 잃고 병원으로 실려 갔다. 병원으로 찾아가 사과하고 병원비와 위로금을 지불하면서 합의하였다. 그리고 강화 도어에 발가락을 다친 사람이 있었는데 이때도 병원치료비는 물론이고 일을 못하는 일당까지 합쳐 지불해야만 했다.

여탕에는 때밀이 종사자들이 3명 있었는데 자기 손님을 만들기 위해 쟁탈전이 벌어지면서 싸움이 일어나면 합의수습까지 해야 했다. 또 시설이 노후되니까 보일러실 기계와 배관에서 하나씩 고장이 생기고 헬스기구도 많으니 여기저기 문제가 생겼다.

아내는 아침 일찍 가서 저녁 늦게 돌아오는데 발가락에 티눈이 찢어지는 바람에 피가 나서 대일밴드를 감고 발을 절면서 가는 모습을 보고 미안하기만 했다. 그렇게 관리비, 수리비는 더 들어가고 수입은 차츰 줄어들면서 피로가 쌓이고 스트레스가 겹치기 시작했다.

하루는 목욕탕에 갔는데 복부가 뒤틀리고 못 견디게 아파 급히 병원으로 가서 링거를 맞고 안정을 찾기도 했다.

'명성사우나 주인 돈 많이 벌었다.'

이러한 소문이 창원시내에 돌았던지 시내 목욕탕 수가 여기저기 늘어나면서 손님들 중에는 호기심에 새로 생긴 곳으로 옮겨 기존 고객들이 줄어들었다.

목욕탕 계획과 짓는 과정이며 개업하고 몇 년까지는 탐욕에 빠진 재미였는데 이제는 괴로움이 점점 그 자리를 차지하며 힘들고 아프게 하며 시작할 때의 희망과 즐거움은 서서히 사라졌다.

'본전 생각이 난다'라는 말이 있다. 욕심慾心이 지나친 것을 탐욕貪慾이라고 한다. 돌이켜보면 목욕탕 짓는 일은 내게는 탐욕이었다. 그 탐욕이 나를 지배한 것이다. 약방을 운영해서 얻어지는 것에 만족했어야만 했는데…….

목욕탕 수입과 약방 수입 감소.

목욕탕 수입이 추가로 생기긴 했지만 약방을 소홀히 하여 수입이 줄었다. 목욕탕 영업 10년이 약방 영업 20년에 영향을 주었다.

그동안 쌓아올린 믿음과 신뢰를 다시 찾는 데 20년이면 되찾을 수 있을까? 그동안 손실을 계산해보면 남는 것이 있을까?

까치집이 부럽네

꿈에서 깨어보니 탐욕의 결과로 더 얻을 수 있는 것이 아니라 나의 어리석음을 또 한 번 깨달았을 뿐이었다. 최고의 봉사는 자신의 일을 최고로 잘하는 것이라는 말을 절감했다.

나의 본업에 감사와 만족을 가지고 충실하고 성실한 노력으로 전진하는 것이 정도正道였던 것이다.

남강변에서 / 지암

직장과
취미

우리들의 삶에서 직업과 취미 그리고 습관이 중요한 역할을 한다. 직업이 없다면 먹고 살기가 힘들 것이고 취미가 없다면 즐기고 사랑하며 감상하는 재미가 없을 것이다.

사람은 습관대로 운명을 만들어 가기에 습관을 중요하게 여기지 않을 수 없다.

"세 살 버릇이 여든까지 간다."

"사주팔자 길을 잘 들여야 한다."

이와 같은 말들이 운명을 좌우하기에 간과하지 말아야 한다.

어릴 적 좋은 버릇은 부모의 노력이 필요하고 팔자의 길은 본인의 굳은 의지가 필요하다.

　우리가 살아가는 데 습관은 어떤 행동이나 의식 형태가 고정되어 언제나 같은 형태로 무의식중에 나타난다.
　인간은 팔자를 바람직한 방향으로 이끌고 다녀야지, 습관화된 나쁜 버릇에 팔자가 따라 다니면 안 된다.

　어느 책에 결핍은 희망을 품고 있는 가능성이며 비어 있어야 채울 수 있다고 했다. 그러나 생활이 넉넉하면 나태해지기 쉽고 이로 인해 나쁜 습관이 생기기 쉽다.
　어릴 적에 4, 5리쯤 거리에 있는 고모 집에 자주 갔다. 우리 집에서는 먹기 어려운 쌀밥이며 맛있는 고기반찬을 마음껏 먹도록 주는 고모 집이 제일 좋았다. 고모가 나를 얼마나 귀여워하셨는지 내가 가면 눈알만한 사탕을 큰 봉지에 사주시는데 나는 빨리 먹고 싶어서 이로 부수어 먹곤 했다. 옛 말에 이모 집에 가는 것보다 고모 집에 가라는 말이 있는데 그래서 그럴까, 고모님의 따뜻하고 온화한 사랑을 지금도 느낀다.

고모와 고모부는 바닷가에 살면서 어장을 운영하여 부유한 가정을 이루었고 슬하에 아들만 둘인데 나에게는 고종형들이다. 고종형들은 가까운 친족이 없고 동생이 없기 때문에 나를 친동생같이 여겼고 나 또한 형들을 따랐다.

그런데 큰 형은 나보다 열세 살 많은데 부산의 모 대학을 졸업하고 집에 있었다. 그 당시는 대학을 졸업하면 바로 직장을 가질 수 있었는데 안 가진 이유가 무엇일까?

옛날 촌에 살 때 보면 닭이 닭장에 갇혀 있다가 마당으로 나오면 먹을 것을 찾아 헤매다가 먹을 것이 없으면 갈고리 같은 발가락으로 땅을 이리저리 파서 헤집고 먹이를 찾는다. 이럴 때 밀이나 보리를 손으로 흩어 주면 '꼬꼬꼬꼬' 즐거운 소리로 먹고는 따뜻한 양지 바른 곳에 웅크리고 앉아 있는 것을 본다. 이와 같이 고종형도 풍족한 가정환경 때문에 생활전선에 나서지 않은 것 같다. 굳이 스트레스 받으며 직장에 다닐 필요가 있겠나 하는 생각을 가졌던 것이다. 이럴 때는 스스로 먹이를 찾도록 냉정하게 내

쫓아야 한다.

철학자 장 폴 사르트르는 '아버지가 아들에게 해 줄 수 있는 최선은 일찍 죽어 주는 것이다.'라고 했다. 그런데 고모부와 고모는 귀한 자식이라 안쓰러운 마음에 감싸고 보호를 했다. 형이 태평스럽게 몇 년을 놀고 있으니까 마을 사람들이 학벌이 아깝다고 하여 마을 이장을 10여 년 하다가 어촌계장 10여 년을 하도록 하여 여기에 매달렸다.

보수가 적어서 용돈에 불과했고 마을 사람들과 어울려서 술 먹는 자리가 차츰 많아졌다. 처음에는 몇 잔의 술로 시작했지만 조금씩 주량이 늘어났고 어울려 같이 마시는 사람들도 늘어났다. 점심 때 시작한 술이 저녁까지 이어지기도 했고 저녁 무렵 시작한 술판이 새벽까지 이어지기도 하였다. 이렇게 30년 넘게 마신 것이 보통 사람 물 마신 것보다 많았고 매일 술을 마시는 것이 습관이 되어 버렸다.

마음씨 좋은 형님이었는데 직업 없이 주저앉아 습관화된 술병으로 만성질환이 생겨 생을 일찍 마감하는 것을 보았다. 형님이 아버지가 계시지 않았거나 가난한 집에 태어났으면 홀로 서기 위해 노력했을 것이고 운명 또한 바뀌었을 것이다.

한편, 오직 일에만 매여 일의 노예가 되어 일하는 것이 취미이고 삶의 전부였던 사람이 있었다. 내가 사천 서포에 살 때 한 마을에 나보다 대여섯 살 많은 J라는 분이었는데 쉬는 날 노는 날도 없이 평생 일만 하고 사는 분이었다. 초등학교를 겨우 졸업했는데 학교 다닐 때부터 공부는 뒷전이고 일을 해야만 될 환경이었기에 열심히 하였다.

J어머니 별명이 '선동댁(선동띠기)'라고 부르는 것은 걸을 때마다 발뒤꿈치가 땅에 닿지 않는다고 하여 붙여진 것이다. 걸음걸이도 어머니를 닮았고 일도 두 사람 몫을 했다. 가을 일 할 때 보면 새벽 달빛에 나락을 베고 땔감나무도 한나절에 두 번씩 갖다 나르곤 했다.

1년에 공식적으로 쉬는 날이 설날 오전과 추석날 오전 두 번인데 차례지내고 나면 오후에는 일을 했다. 그 뒤 진주로 이사 왔는데도 버스로 한 시간 소요되는 거리에 있는 사천 서포에 있는 농토에 매일 갔다 왔다 하면서 농사일을 했다.

얼마 전 추석 날 서포에 있는 산소에 성묘하러 갔는데 J씨가

까치집이 부럽네

어느새 밭에서 일하는 모습을 보았다. 근면성실하고 생산적인 일에 몰두하는 것은 좋은 습관이지만 그러나 즐기고 사랑하며 감상하는 재미가 있을까? 근면하게 일하면서 경치 좋은 산과 바다도 보고 명소 같은 곳도 관광하며 즐기고 살아가는 취미생활을 가졌으면 좋을 텐데 일의 노예가 된 삶이 안타까워 보였다.

나에게는 열세 살 아래인 아우가 있다. 태어나자마자 아버지를 여의다 보니 아버지 정을 모르고 자랐다.

사람의 신체 조건에 따라 적성이 부합되는 경우가 많은데 아우는 키가 크고 뼈도 튼튼하여 운동을 잘할 수 있는 체격을 갖추어서 그런지 공차기를 좋아 했다.

약방 심부름도 많았는데 틈만 나면 친구들과 운동장에서 공을 찼다. 내 옆에 있다가도 어느 결에 운동장에 가 있는 것을 보면 운동에 취미가 붙은 것이다. 시간 나는 대로 한의학을 가르쳤지만 조금만 앉아 있어도 참지 못하고 가만 있지 못하는 것을 보면 적성에 맞지 않았던 것이다.

적성에 맞지 않는 한의학 공부였고 취미는 공차기였는데 이러한 일과가 매일매일 조금씩 생활화되었다. 강원도와 경남에서 한약업사 시험에 합격한 경험을 살려 아우에게 족집게 공부를 시켰더니 1983년 마지막으로 실시되었던 한약업사 시험에 합격했다. 우리 가정의 경사였다. 특히 어머니는 막내아들까지 합격하여 약방을 하게 된 것을 한량없이 기뻐하셨다.

아우는 혈기 왕성한 28세. 젊은 나이에 사천군 서포면 소재지에 정성 한약방이라는 간판을 달고 개업을 했다. 개업하고 당분간은 내가 가서 자리 잡도록 돌봤는데 아우는 환경과 적성에 맞지 않아 무척 힘들어했다. 한약방의 직업은 실력과 경험도 있어야 되지만 말과 행동 역시 차분히 어른스럽게 하는 것이 기본자세인데 아우는 젊었고, 취미와 적성이 활동적이어서 힘들어한 것이다.

약방 바로 앞에는 학교 운동장이 있었는데 해질 무렵이면 혼자라도 공차기를 하고 주말이면 그룹을 만들어 억제했던 일주일을 마음껏 풀었다. 이렇게 마음은 콩밭에 있어도 약방 일에 소홀하지 않은 것은 결혼하고 자녀가 태어나 책임감의 비중이 컸기 때문이다.

그러나 한편으로는 약방을 팽개치고 싶은 마음도 있었겠지만

까치집이 부럽네

계속 할 수 있었던 것은 정적으로 끈기를 갖고 공부를 짬짬이 했던 습성이 배어있었기 때문 이었다. 이렇게 하여 적성에는 맞지 않지만 직업과 취미를 갖게 되어 그나마 즐거움 속에 생활하고 있다.

고종형의 직업 없는 생활이나 일에만 노예가 된 J씨의 경우를 보면 직업이 없으면 나쁜 습성이 생겨 타락하기 쉽고 일에만 파묻혀 생을 보내다 보면 즐기고 사랑하며 감상하는 낙樂이 없다.

그러나 내 아우는 직업과 취미 어느 한 가지를 팽개치지 않았다. 균형을 맞춘 삶으로 행복한 삶을 영위해주어 지켜보는 형의 입장을 뿌듯하게 해주어 고맙다.

메꽃 두 송이 / 지암

제 4 부

도 리 道理

태어날 때 고통을 함께 하고
오로지 자녀가 잘되기를 바라며
젖을 주던 어머니의 마음을 생각하고
사람의 기본 도리는 지켜야 할 것이다.

운명적인
적응

바위틈의 진달래 / 지암

까치집이 부럽네

만물은 자연과 자신이 처한 환경에 적응하면서 살아간다.

특히 만물의 영장인 사람은 자연환경과 사회조건에 알맞게 그 습성이나 생활방식을 변화, 융화한다. 어떤 사람이 잘살고 있다는 것은 그 사람이 가진 능력을 발휘하며 생산적인 일을 하고 그 상황을 즐길 수 있으며 정신적 평형상태라고 할 수 있다.

모든 씨앗은 자신에게 주어진 상황, 즉 흙 속에서부터 적응하려고 한다. 장애물이 없는 땅에 적당한 습도와 온도가 순조롭게 성장하게 하지만 그렇지 못하면 그 상황에서 최선의 노력을 다한다. 사계절의 변화에 따라 뙤약볕, 혹독한 냉기, 벼락같은 물줄기, 뿌리째 흔드는 거센 바람 그리고 한때는 겨울눈을 덮어 쓰고 있어야 할 때도 있다. 가을이 되면 어김없이 잎을 다른 색깔로 만들고 땅바닥에 사정없이 떨어뜨린다.

식물이 동물같이 움직일 수 있다면 환경을 바꾸거나 더 나은 환경을 찾을 수도 있겠지만 그렇지 못하니 스스로 환경에 적응하며 살려고 버티어 내고 있다.

'바위 위에 운명적으로 서 있는 소나무'를 보며 느낀 점이 많았다. 바위 높이는 2m 정도 될 것 같고 둘레는 3~4m 정도 되는데 그 바위에 터전을 두고 힘든 여건 속에서 푸르름을 잃지 않고 서 있던 소나무! 그는 무언으로 삶을 가르치고 있었다.

1997년 여름 평소 좋아하는 이들과 함께 경남 산청군 시천면 중산리 곡점 내대 계곡에 피서를 갔는데 시원한 계곡물을 상상하며 들뜬 마음으로 도착했다. 일행은 냇가 나무 그늘이 많고 평탄한 곳에 자리 잡았다. 계곡물을 내려다보니 잔잔하게 흐르는 물에 햇볕이 비춰 아롱거리면서 보기만 하여도 치유가 되는 느낌이었다.

냇가의 나무들은 수분이 남아돌아서 그럴까 바람에 한들거리는 나뭇잎이 시원한 부채질을 하였지만 해가 하늘 가운데로 오면서 열을 반사하니 나무그늘 밑도 더워져 바지를 걷어 올리고 발을 담갔더니 금방 발이 시릴 정도였다. 그늘 밑으로 나왔더니 얼마 지나지 않아 소리 없이 태양의 열기가 달아올라 몸을 후끈거

까치집이 부럽네

리게 만들었다.

이렇게 나무 그늘 밑에 있다가 물에 담그기를 여러 번 반복하며 더위를 피하고 있는데 물이 육체肉體를, 나무그늘은 마음心을 정화淨化하여 해탈한 기분이었다.

한낮 더위를 피해 물에 들어갔다, 나무그늘에 들었다가 더위를 못 견뎌하던 내가 단단한 바위 위에서 모양도 좋게 더위를 온몸으로 받아내며 푸르게 서 있던 소나무를 보며 삶의 한 수를 배웠던 기억이 새롭다.

좁은 길인데 올라올 때는 왜 보지 못했을까? 차를 세우고 바위에 올라가보니 흙 한 삽 떠낸 정도의 넓이와 깊이에 흙먼지와 낙엽이 썩은 가루와 섞여 토양을 이루고 있는 이곳에 소나무가 자리 잡고 있다.

처음 이곳에 어떻게 정착하게 되었을까? 소나무들과 의지하며 살아갈 넓은 토양에 앉아야 하는데 하필이면 이 험난한 곳에 떨어졌을까?

솔씨는 날개가 붙어 있어 바람 따라 날아와 운명적으로 그 자리에 앉은 것이다. 간혹 바위 위에 서 있는 나무들을 보면 갈라진 틈새가 있어 그 사이로 뿌리를 땅에 내려 살고 있는데 이곳 소나무는 불가사의하게 살고 있다.

이 소나무의 뿌리를 쉽게 볼 수가 없었다. 이곳저곳을 유심히 살펴보니 실낱같은 뿌리가 그물망처럼 바위 한쪽 면을 감싸고 땅바닥에 이어져 있다. 솔씨가 처음 발아해서 잎과 줄기를 키우기 위해 뿌리 내리는 과정은 초월적 삶이었다. 바위는 수분이 많아지면 흘려보내버리고 수분이 작으면 배려 없이 흡수해버리는 인정머리 없는 악연이었다.

비오는 날은 가뭄을 대비해 물을 머금고, 이슬이 내리거나 안개가 지나도 햇볕이나 바위에 수분을 빼앗기지 않으려고 안간힘을 다했을 것이다. 추운 겨울눈이 내려도 자신의 생명을 지키기 위해 인고의 시간을 보내면서 조금씩 성장한 모양이 처절하게 보였다. 비가 오지 않을 때에는 잎과 가지에 수분을 고루 나누는 정성을 들이고 거센 바람이 불면 바위를 움켜잡은 뿌리로 쓰러지지 않으려고 안간힘을 쓴 나날이 얼마나 힘들었을까?

바위 위의 소나무는 자신의 힘과 한계를 뛰어 넘어 최악의 조건 속에서도 삶을 유지하고 성장하는 모습으로 사람들에게 무언의 가르침을 주었다. 실낱같은 뿌리를 단단한 바위에서 부드러운 흙이 있는 땅까지 내리는 처절한 삶의 과정, 나는 이렇게 적응할 수 있었을까? 이 소나무의 키는 1m 정도 될 것 같은데 잘 다듬어놓은 예술적인 분재와 같은 모양이다.

분재 관리하는 사람들을 보면 모양 없는 가지는 치고 줄로 묶어 모양새가 나도록 잡아주고 다듬어 공을 들이는데 여기 소나무는 사계절 모진 풍상 속에 극기의 도道를 닦은 선인仙人처럼 신선해 보였다. 지구는 광활해도 만물을 적재적소에 자라도록 하지만 영역을 벗어남도 있는데 소나무도 여기에 속한 것이다.

수련水蓮은 땅이 아닌 물에 뿌리를 내리고 살고 있으며 권백卷柏은 메마른 바위에 붙어사는 것이 천생연분이다. 땅에는 살지 못하고 오직 바위나 돌에만 붙어살면서 오히려 바위를 보호하고 산다. 권백은 바위에 붙어 자라면서 부처손과 닮았다 하여 부처손이라고 한다. 자비를 지닌 부처손을 닮아서 그런지 인간의 모진 병, 암癌 치료에 효과가 있다.

바위에 사는 소나무는 살기가 힘든 곳이지만 권백은 순조로운 곳이며 이와 같이 권백처럼 모진 곳에 안성맞춤으로 제격으로 살아가는 종류도 있지만 바위에 사는 소나무처럼 어쩔 수없이 적응해야만 살 수 있는 경우가 있다.

하트만이 말한 적응의 개념, 정신분석이론을 소개한다.

적응은 개인이 환경의 영향을 변화시킬 때 일어날 수 있으며 여기에 프로이트의 외부 변형적 변화(개인의 내적 요구가 소망을 충족시키기 위해 환경을 바꿈)와 내부 변형적 변화(외부세계에 맞추어 자신을 내적 및 심리적으로 조정함)라는 이 두 개념은 서로 상반되는 개념이다. 하트만은 세 번째 형태를 기술했는데 그것은 새로운 환경을 선택하여 외부 변형적 변화와 내부 변형적 변화를 결합시킨 것이다.

정신분석에서 말하는 가장 중요한 환경의 측면은 심리 사회적 대인관계의 측면으로서 여기에는 개인의 삶에서 경험하는 중요한 인물들이 포함된다고 했다.

하트만이 설명한 적응의 또 다른 원리는 기능의 변환이다. 특정 행동이 적응으로 의미 있는 것인지를 평가하기 위해서 분석가는 그 행동의 현재 기능과 발달적 기원을 구분했다. 그 이유는 종종 적응 과정에서 행동의 기능이 변화되어 결국에는 원래의

까치집이 부럽네

목적과는 다른 목적을 가질 수 있기 때문이다.

그리고 기능의 변화를 고려함으로써 소위 발생학적 오류를 피할 수 있다고 했다. 발생학적 오류란 현재의 행동이 과거의 행동으로부터 유래한 것이라고 경솔하게 가정하는 것이라고 하였다.

하트만은 적응 개념은 정신분석과 심리학을 생물학과 연결시켜주는 중심 개념이며 적응에는 능동적 요소와 수동적 요소가 있으므로 본질적으로 수동적인 내부 변혁적 현상인 조정과는 분명하게 구분해야 된다고 말했다.

"강한 자가 살아남는 게 아니라 끝까지 살아남는 사람이 강한 것이다"라는 유명한 말이 있다.

지구의 모든 만물은 자연의 환경에 맞추어 적응하며 살아가야 한다. 무한의 공간에서 내리는 환경이라 반항하거나 저항할 수 없고 막을 수도 없으며 원망 할 수 없고 오직 적응할 수밖에 없다. 지구상의 만물들은 살아남기 위한 경쟁을 하고 있는데 적응하지 못하면 살아남지 못한다.

사람이 태어날 때 울면서 두 주먹을 불끈 쥐고 태어난 것은 살아갈 앞날이 순탄하지 않을 것이란 예측 때문이었을 것이다. 일어나기 위한 연습으로 앞으로 엎어지기를 반복하였고 앉았다가 겨우 붙잡고 서서 한 걸음 걸을 때까지 수도 없이 많이 넘어지는 과정을 거치며 서고 걷고 달리기까지 하게 된 것이다.

인생 종착역에 다다른 지금 돌이켜보면 나를 적응시켜 지금까지 오게 한 것은 끊임없는 '인내'와 '겸손' 그리고 '사랑'과 '감사'였다.

까치집이 부럽네

딸의 생각,
며느리의 생각

딸의 생각 / 지암

며느리의 생각 / 지암

군자君子는 우주자연의 이치를 깨달아 순리를 알고 순리대로 살면서 인간 모두를 평등하게 보고 평등한 마음을 가지며 평등하게 대하면서 살았다고 한다.

나는 용렬한 마음이라도 벗어나려고 노력해보았지만 되지 않았고 나와 가족만을 위해 일하고 노력하면서 살아온 것이 부끄럽게 여겨진다. 이웃과 사회 그리고 모든 사람들의 평등을 생각은 해보았지만 실천이 따르지 않았고 오직 가정의 행복을 우선으로 추구하는 데 급급했다. 이렇게 살다보니 내 가족 내 자식과 다른 가족이 또렷이 구별되어 좁은 마음에 편협한 행동을 하게 했다. 이러한 나의 능력과 한계를 비추어 보기도 하고 약방에 오는 사람들의 면면도 무심하게 보지 않으며 관심을 가지고 관찰하게 된다.

딸이 친정어머니와 함께 약 지으러 올 때가 있다.

문을 열고 들어오면서부터 딸이 엄마 신발을 벗기고 실내화를 바꾸어 신도록 하여 엄마 손을 꼭 잡고 웃음 띤 얼굴로 들어온다. 엄마는 어디 아프거나 근심어린 표정은 찾아볼 수가 없다. 딸은 엄마 상담하는 동안 바로 옆에 앉아서 "원장선생님, 우리

까치집이 부럽네

엄마 약 잘 지어 주세요." 한다

상담을 마치고 나서 문진問診을 해보면 엄마는 대충 이야기하지만 옆에 있는 딸은 엄마의 아픈 부분을 머리부터 발끝까지 세세하게 말한다. 상담 결과를 말하면 딸은 귀를 기울이면서 듣다가 의문점이 있으면 두세 번 되묻는다.

"우리 엄마 약 보약도 되고 병도 잘 낫도록 지어주셔요."

"몇 제를 먹으면 다 나을까요?"

엄마는 '돈도 없는데 많이 먹을 수 있나' 하며 딸을 걱정하고 딸은 엄마 돈 걱정 말고 원장님 시키는 대로 하는 것이 좋다고 한다. 엄마는 자기 병에 대한 걱정과 관심보다는 딸자식에 대한 마음이 흐뭇하여 돈을 쓰는 것이 안쓰럽지만 기분은 좋다. 딸을 키우면서 고생한 것은 잊어버리고 딸이 지어준 약을 즐거운 마음으로 먹어서 효력도 많이 나는 것이다.

그리고 한 달이 채 못 되어 전화가 온다.

"우리 엄마가 약을 먹고 효력을 많이 보고 있으니까 지난번과 똑같이 한 제 더 보내주세요."

딸은 시집을 가고 생활하다보니 엄마의 고마움을 알게 되어 어머니의 아픔을 가슴 깊이 공감하는 것이다.

며느리가 시어머니를 모시고 같이 올 때가 있다.

문을 열고 들어오면서부터 감정이 쌓여 있는 것처럼 긴장된 분위기에 서먹서먹한 얼굴로 편안해보이지 않는다. 며느리는 시어머니와 같이 왔지만 시어머니에 대한 관심은 적고 의자에 앉아 텔레비전을 켜고 보고 싶은 채널을 돌리면서 그곳에 눈길이 가 있다.

시어머니는 내키지 않는 마음으로 상담하러 혼자 들어온다. 따뜻하게 손 잡아줄 사람 없어 공허함 속에 앉으면서 힘없이 말한다.

"약을 먹어 효과를 보겠소?"

"예, 편안한 마음으로 복용하면 효력을 많이 볼 것입니다."

짐작으로는 아들이 어머니가 아파 힘들어 하는 것을 이심전심으로 알고 자기 아내에게 사정하다시피 부탁하니 차마 거절 못하고 시어머니와 마지못해 같이 온 것 같다. 그런데 시어머니는 며느리와 같이 온 것이 불편하고 미안한 기색이 역력했다.

약방에서 노인들의 말을 들어보면 약 먹는 것도 자식들 보기에 미안하다는 것이다. 이유는 오래 살려고 먹는 것처럼 보일까 싶어서다. 이러한 마음 때문에 며느리와 같이 온 시어머니도 미안한 기색이 역력한 것이다.

상담을 하고 설명을 해주면 집중해서 듣지 않고 건성으로 듣고 있다가 "이 늙은이가 잠자듯이 죽어버리면 제일 편한데……." 하고 한숨을 길게 쉬고 바깥으로 나간다. 그제야 며느리는 '가격이 얼마에요?' 정 없이 말하며 카드결제하고 가는 뒷모습이 쓸쓸해 보인다.

기분에 따라 물도 체한다고 하는데 약을 먹는 시어머니는 약을 먹는 동안 내내 편치 않았을 것이고 먹고 난 뒤에도 불편했을 것이다.

자식들이 귀엽게 자라고 있고 남편을 낳아준 시어머니에게 고맙고 감사한 마음을 가지면 좋을 텐데……. 그렇게 하면 남편과 자식들에게 좋은 기운이 교류되고 형성되어 가족 모두가 행복하고 건강하게 살 것인데…….

며느리의 양심 속에는 자책의 괴로움이 쌓이고 쌓일 것이다. 인연이란 번뇌와 기쁨이 함께 하기 때문이다. 물론 모두가 다 그런 것은 아니다.

친정어머니가 딸 약 지으러 올 때가 있다. 허겁지겁 달려와서 말한다.

"우리 딸이 얼마 전에 출산을 했는데 산모에게 좋은 약을 지어 주이소. 혹시 약을 먹으면 젖으로 다 가는 것은 아닙니까?"

태어난 외손자보다 딸에게 더 애정을 갖고 하는 말이다. 여자는 산후병으로 평생을 가지고 가는데 좋은 약재를 넣어 잘 지어 달라고 당부를 한다.

그런데 친정어머니는 딸을 좋아하지만 딸은 친정어머니보다 자식을 더 좋아한다. 친정어머니와 딸 그리고 외손자가 같은 연줄인데 누구를 더 좋아하고 덜 좋아하는 것도 웃긴 일이다.

시어머니가 며느리 약 지으러 올 때가 있다.

"며느리가 출산을 했는데 우유 먹이면 안 되고 모유를 먹여야 됩니다. 어쨌든 젖이 많이 나오도록 해주시고 약 성분이 젖으로 간다는데 아이한테 좋은 약을 지어 주이소."

이와 같이 며느리에 대한 이야기는 한 마디 하지 않고 오직 손자에게만 좋아지도록 부탁한다.

사실 산후에 짓는 약은 산모와 아기 모두에게 좋은 처방으로

까치집이 부럽네

구성되어 있는데 친정어머니는 딸의 건강만을 염려하고 시어머니는 며느리는 아랑곳하지 않고 손자만을 생각하는 모습들은 손이 있는데 손바닥만 보고 손등을 보지 못하는구나 싶다.

이렇듯 약 지으러 오는 사람 옷차림만 보아도 누가 아파서 오는지 짐작이 간다.

지금 우리나라는 경제발전으로 의류가 다양하여 평상복과 외출복 구별 없이 만들어져서 자유롭게 입고 다니는데 30년 전만 하더라도 외출할 때 입는 옷과 집에서 입는 옷이 구별되어 있었다.

일을 하다가 옷도 갈아입지 않고 그대로 숨 가쁘게 약 지으러 달려오는 사람은 대부분 자식이나 남편이 아파서 오는 경우가 많고 깨끗한 옷에 머리감고 빗어 화장까지 하고 여유 있게 오는 사람은 시부모가 아파서 오는 경우가 많다.

사람은 생각대로 움직인다고 하는데 이러한 올바르지 못한 생각에 갇혀 매사를 구분지어 복잡하고 힘들게 살아가고 있다.

간혹 아름다운 모습을 볼 때도 있다.

며느리가 시어머니를 부축하고 들어오는 모습이 딸 같이 다정하다. 시어머니 상담하는데 옆에 앉아 "선생님. 우리 어머니 약 잘 지어 주세요." 한다. 며느리가 시어머니 손을 꼭 잡고 있는데 시어머니 표정이 밝다. 며느리의 얼굴도 미소를 띠면서 얼굴이 환하다.

인간은 육근六根으로 자연스레 느끼면서 알아지는 것인데 시어머니와 며느리도 오늘뿐만 아니라 평소에도 서로 편안한 마음을 갖도록 노력하면서 살아왔기에 보기에도 벌써 화목하게 보이는 것이다.

자기 뱃속에서 태어난 자식과 남의 뱃속에서 태어난 자식이 인연을 맺어 의식주를 같이하고 희로애락을 같이 하는데 편협한 좁은 생각도 합쳐 녹여 하나로 정화하는 것 또한 중요한 일이다.

인간은 본능적으로 자기중심이라고 할 수 있지만 자기중심은 좁은 마음이며 이로 인해 갈등이 불화와 불행으로 번져나간다. 바늘과 같

까치집이 부럽네

은 뾰족한 마음은 겉모습을 뚫고 인간관계에 상처를 낸다.

어머니와 시어머니도 딸이 있으면 그 딸이 남의 집 며느리가 되는 것이며 딸과 며느리도 딸이 크면 시집가서 남의 집 며느리가 될 것이다. 아들과 손자, 사위와 외손자 역시 한 뿌리에서 나와 뻗어가면서 호박 열리는 것과 같은 것이다.

부처님께서 우주는 인연因緣과 연기緣起로 이어져 있다고 하셨다.

우주를 한 덩어리로 보듯 사람도 한 덩어리로 보면 어떨까? 하늘은 회오리바람을 싫어하지 않고 땅은 흙먼지를 미워하지 않는다.

이 세상에서 넓은 마음으로 서로를 이해하며 살아가면 얼마나 좋을꼬.

메주와 옥수수 / 지암

아들 고집에
어머니 한숨

삼성그룹 창업주 고故이병철 회장 회고록 『호암자전』에는 마음대로 안 되는 3가지가 있다고 한다.

골프를 칠 때 공이 홀에 안 들어가는 것, 자기 회사인 제일제당 조미료 미풍이 조그마한 회사의 제품인 미원을 따라갈 수 없는 것 그리고 특히 마음대로 안 되는 것이 자식이라는 것이다.

이 세상에서 사람만큼 많은 물질과 부딪치고 접촉하는 생물이 없기 때문에 어떻게 변할지 어떻

까치집이 부럽네

게 성장할지 예측불허인 자식이 어디 부모 마음 대로 되겠는가.

　내가 아는 외판원 아주머니는 남편을 일찍 여의고 15년이 넘는 세월 동안 3남매 생계를 위해 무거운 가방을 들고 다니며 버스가 없으면 10리 넘는 길을 걸어 다니며 비가 오나 눈이 오나 이 마을 저 마을 집집마다 판매를 하러 다녔다. 그 무거운 가방 안에는 아모레화장품과 동양생명(현재의 삼성생명) 보험설계 홍보용지가 가득 들어 있었다.

　하동 노량에서 약방을 할 때 화장품 구입과 보험 가입도 하여 고객이 되었기에 이 아주머니는 매달 한 번씩 찾아 왔다.

　그런데 어느 날인가 긴 한숨을 쉬며 의자에 앉으며 말했다.

　"막내아들 땜에 죽겠습니더~"

　"아들이 무슨 사고를 쳤습니까?"

　"사고 친 것이 아니고 앞날이 큰일입니다."

　아주머니의 말인즉 아들 H군이 K대학교 총학생회장으로 법과대학 4학년 재학 중이라고 했다. 그런데 학생회장 역할을 얼마나 열정적으로 하였는지 학교 직원들이나 학생들이 "회장님. 회장님." 하며 "우리 회장님, 최고야!" 하며 따르다 보니 이로 인해 선동적인 습관이 젖어 들면서 영웅적 심리상태가 된 것이다. 그 와중에 어느 교수가 H군의 등을 두드려 주면서 "자네 같은 사람이 정치를 해야 나라가 잘 될 것이야." 하고 말했다고 한다.

'올바른 칭찬은 그 사람을 발전시키지만 과분한 칭찬은 그 사람을 구렁에 밀어 넣는 것과 같다.'

H회장은 이러한 분위기 속에 중심을 잡지 못하고 졸업과 동시에 남해 하동 국회의원에 출마한다고 가족들에게 일방적 선언을 한 것이다. 여기에 아주머니 한숨의 원인이 있었다. 가정 형편을 이야기해보았지만 소용없었고 눈물로 손수건을 적시며 하소연해 보아도 아랑곳하지 않고 형제 친지들도 발 벗고 나서서 적극적으로 말려 보았지만 막무가내라고 했다. 국회의원 출마한다고 큰소리로 공개 선언을 하고 그 선언을 철회한다는 것은 어려운 일이기에 가족과 친한 사이일지라도 말하기가 어려운 것이다.

H군의 어머니 역시 그러한 상황에서 절벽 앞에 서 있었다. 이제 막내아들만 대학 졸업시키고 나면 좀 편해질 것이라는 기대

를 갖고 살았는데 감당 못할 폭탄선언 때문에 가슴이 터질 것
만 같다고 눈물을 흘렸다.

부모는 천륜으로 자식을 아끼고 사랑하며 보살피지만 자식은
부모에게 그저 도리로서 부모를 대하는 경우가 많은데 H군은 전
생에 끝내지 못한 업보로 태어난 것 같았다.

"원장님, 어떻게 하면 좋을까요?"

"저인들 뾰족한 방법이 있겠습니까? 혹시 지나는 걸음이 있으
면 제가 만나고 싶다고 이야기해보시죠."

순간 쓸데없는 말을 했다 싶었지만 정치 심부름 하면서 겪은
경험과 허무한 결과에 대해 솔직하게 이야기해주고 싶었고 정치
인의 그릇이 될지 인품을 보고 싶었는데 만날 인연이 없었던지
오지 않았다. 당시 H군은 어느 누구의 힘으로도 되돌릴 수 없는
'금배지'를 다는 환상 속에 동분서주하고 있었을 것이다.

졸업하자 곧바로 남해 하동 지역에 최연소 국회의원에 출마한
H군에 대한 궁금증으로 출마자들이 합동 정견 발표하는 곳에
가 보았다.

사람들이 많이 모였고 단상 주위 가까운 곳에는 노인들이 지

팡이를 짚고 땅바닥에 신문지를 깔고 앉았다. H후보 차례가 되어 단상에 올라가 연설을 하는데 정책 비전은 별로 없고 현 정부와 여당 후보에게 비방과 욕설로 이어졌다. 단상 밑 노인 한 분이 일어나 "욕하지 말고 연설이나 하시오!" 했다. 그러자 H후보는 연설을 중단하고 노인과 말다툼을 했다. 그것을 보고 '아직'이라는 생각이 들었다.

개표 결과는 참담했다. 많은 표 차이로 떨어졌다. 그 뒤에도 세 번 더 출마했으나 미미한 득표율이었다.

매달 찾아오던 H후보 어머니는 선거 때는 물론이고 선거 후에도 오지 않았으며 가정이 해체되고 가족이 뿔뿔이 흩어져 형편이 매우 어렵다는 소문이 들렸다.

'갯가 언덕 자락에 있는 배는 들물일 때 뜬다.'

물이 들어오지도 않았는데 억지로 배를 띄우려고 하면 뜨지도 않을 뿐더러 배 밑이 상해 배가 온전하지 못하다.

H후보 어머니에게 마지막으로 전한 말이었다.

"아들이지만 선거 운동할 것도 없고 돈을 한 푼도 주지 마십시오. 부모 말씀 어겨가며 안 되는 일 하는 놈은 내 자식 아닙니다.

다른 사람의 귀에는 아이 우는 소리가 그냥 아이 우는 소리로 들리겠지만 아이 엄마의 귀에는 아이의 울음소리가 그냥 우는 소리가 아니라 아이의 여러 가지 필요를 알게 하는 소리로 듣고 행동하게 됩니다. 아이와 더불어 괴로움과 아픔을 같이하는 자비의 마음이 있기 때문이며 바로 이 마음이 보이지 않는 것을 듣고 보게 하는 것입니다.

이러한 어머니 자비의 마음을 뿌리치고 세상의 무엇을 얻겠다는 것인가요?"

H군은 어머니에게 자신의 계획을 자세히 설명하고 어머니가 납득이 되도록 해서 어머니의 동의부터 구하는 것이 도리다. 자신의 결심만 필요하다면 모르겠지만 가족 친지들이 합심해야 될 일이기에 가족의 마음부터 얻는 것이 우선이다. 어머니 가슴에서 나오는 젖을 먹고 자랐으면 한 번 먹은 값으로라도 어머니 의견부터 듣고 심사숙고 해보면 좋았을 것이다. 어른 말을 들으면 자다가도 떡 먹을 일이 생긴다고 하는데…….

진주로 이사 오고 난 뒤에 많은 선거를 지켜보고 또 유권자가 되기도 했다.

평소 친분이 있는 L씨가 자치단체장에 출마하여 인사차 선거사무실을 찾아 갔던 적이 있다. 부인이 옆에 있었는데 선거 뒷바라지에 주름이 많이 생겨 늙어 보였고 근심과 수심이 얼굴에 가득했다. 그러면서 "얼마나 다급한지 발이 어디에 놓이는지 모르겠어요." 한다.

가정에 온통 풍랑이 치는데 몸을 가눌 수 있겠는가? 짐작이 가는 말이다. 누군가는 당선이 되고 정치할 사람도 있어야 하지만 떨어졌을 경우를 생각해보고 자기처지를 객관적으로 냉정하게 판단 해 보아야 한다.

선거 때마다 빠지지 않고 출마하는 사람도 있다. 평생 출마하다보니 출마가 직업이 되었고 자랑인 양 날뛰고 있다. 사람 많이 다니는 길목이나 교통량이 많은 삼거리에 자리 잡고 절하며 손 흔드는 모습을 보면 동정심은 얻을 수 있겠지만 사람의 마음을 얻기는 어렵다. 이러한 사람은 선거 중독이다. 중독은 병이다. 마약, 알코올, 도박의 중독은 외부를 꺼리는 중독이라고 하면 정치

중독은 사람이 많이 모이는 곳일수록 더욱 광기를 부리면서 가족과 함께 몰락하는 병이다.

눈은 새로운 것을 원하고 귀는 익숙한 것을 원하지만 자기 노력 없이는 귀에 들어오지 않는다는 말이 있다. 인간은 보고 듣고 냄새와 접촉 그리고 많은 의식 속에 살아가므로 비뚤어지기 쉽다. 자기 자신에 관한 여러 가지 상태 그리고 가치관 및 자기 행동을 현실적이고 객관적으로 이해해야 하며 심사숙고해서 후회 없도록 결정해야 할 일이다.

그리고 H군처럼 어머니 자비의 마음을 외면하는 독자적 행동은 실패할 확률이 많다. 적어도 가족회의를 거쳐 형제의 뜻을 모으고 부모님의 말씀은 하나님. 부처님 말씀과 같으므로 깊이 새겨 들어야한다.

이렇게 하면 어머니 한숨과 눈물은 없을 것이며 어머니의 기쁨과 즐거움이 자기에게 전달되어 이루고자 하는 일이 이루어져 행복한 삶이 될 것이다.

인명人命은
재심在心이다

함양 연밭 / 지암

까치집이 부럽네

인명人命은 재천在天이라 하여 사람이 죽으면 숙명으로 받아 들였다.

그렇다. 모든 생물은 죽음을 피할 수 없다. 그러나 예기치 못한 죽음을 맞이할 때나 갑작스런 죽음 앞에서 의학이 발달되지 않았을 때 어린 자식이 홍진으로 죽거나 젊은 자식이 갑작스레 교통사고로 억울하게 잘못될 때 부모는 기절하기도 하고 땅을 치며 가슴 두드리면서 통곡하다가 시일이 지나면 하늘을 원망하다가 마음을 추슬렀다. 그리고

하늘의 뜻에 대항하고 싶어도 너무 높고 넓어 어느 한 곳을 쥐어 잡을 수가 없어 쳐다보고 한숨만 쉰다.

인명재천이란 말에 숨어있는 한편의 뜻은 살아있는 자들에게 포기하고 수용하여 마음에 평화를 찾도록 하는 것이다.

그런데 내가 한의학을 공부할 때 선생님은 인명재처人命在妻라

고 하셨다. 하늘天에서 처妻로 먼 곳에서 가까운 곳으로 바뀐 것이다.

어느 통계를 보니까 1945년경에는 사람의 평균수명이 50세가 채 안되었는데 2012년경에는 평균 수명이 70세가 넘는 것을 보면 70여 년 동안 과학이 발전하면서 수명이 20년 정도 길어진 것이다. 이와 같이 수명이 늘어난 것을 보면 인명재천이 아닌 것 같기도 하다.

그런데 처는 식생활을 같이 하는 제일 가까운 운명의 동반자로 건강한 삶을 살아가는 데 중요한 역할을 한다. 아내가 독한 마음을 가진다면 음식 만들 때 손가락 끝으로 독이 나온다고 하고 평소에 좋던 장맛이 바뀌면서 집안에 우환이 생긴다는 이야기가 전해지고 있다.

남편이 출근할 때 아내가 밝은 모습으로 배웅하면 남편이 하루 종일 기분 좋게 일할 수 있고 아내의 얼굴과 행동이 밝지 않고 어두워 보이면 남편이 기분 좋을 리 없다. 어쩌다 아내 얼굴 표정이 화난 인상이면 아무리 진수성찬을 차려놓아도 먹고 나면 속이 답답하고 식도에 걸려있는 것처럼 체滯한다.

까치집이 부럽네

이럴 때 체하는 것은 식도에 걸려있는 것이 아니고 기체氣滯라고 하는데 한방에서는 매해기梅核氣라고 하여 매실의 씨가 목 안에 걸려있는 것과 같다고 한다.

이러한 증상을 현대의학에서는 신경성 위염이라고 하는데 금방 죽는 위험한 병은 아니지만 만병의 근원이 되어 여러 가지 복합적으로 작용하여 난치병이 되어 고생하다가 목숨을 잃는 경우가 허다하다. 이와 같이 만병의 근원이 되는 스트레스는 먼 곳에서 받는 것이 아니고 가까운 곳에서 받게 된다.

그런데 부부간의 스트레스는 상호작용으로 일어나는 문제이기에 스트레스 받지 않고 건강하게 살려고 하면 남편은 아내를 사랑하고 아내는 남편에게 감사해야 가능한 일이다.

인간이 만물의 영장이라고 하는 것은 감정이 풍부하고 예민하기 때문이다. 이렇게 예민한 감정을 가진 부부가 매일 같이 밥상을 마주하며 기분 좋게 하루, 이틀, 평생의 세월을 함께 하면 건강한 생활로 명命을 연장하게 되는 것이다.

이와 같이 인명재처라는 말도 근거 있고 중요한 말이지만 더 근본적인 것은 인명재심人命在心이다. 전해오는 인명재천은 신앙

적이고 철학적 의미로 부정할 수 없는 부분이며 인명재처는 현실로 인정하면서 살아가야 될 것 같다.

그런데 인명재심이라고 하면 막연하게 마음이라고 생각할 수 있는데 마음을 포함한 정신세계를 의미한다. 어떤 스님은 정신세계를 극락세계라고 했다. 정신을 극락이라고 하면 극락은 곧 기분 좋은 곳이 아니겠는가? 만물도 기분을 알고 있으며 사람 역시 기분 좋음이 무병장수의 근본이 되는 것이다.

아버지께서 하신 말씀인데 논에 벼를 심어놓고 농부가 매일 논두렁만 밟아줘도 벼가 잘 자란다고 했고 밭에 참깨를 심어놓고 돌보지 않으면 비리가 붙어 크지도 않으며 오그라들면서 죽는다고 했다. 벼도 참깨도 농부의 관심과 사랑과 정성을 먹고 자란다.

어느 농장주인은 산골짜기에 여러 가지 관상수를 심어놓고 다듬고 키우면서 매일 같이 잠깐씩 경쾌한 음악을 틀어주었더니 나무들이 확연하게 달라졌다고 한다.

동물은 청각이 있어 감정을 느낄 수 있지만 나무는 어떻게 그런 것을 느낄까? 식물이나 나무 역시 숨을 쉬며 공기 속의 기운

까치집이 부럽네

을 흡수작용하면서 커 가고 있는 것이 아닐까?

　인간도 자연 속에 나무와 풀과 함께 있어 호흡도 같이 하며 공기와 수분도 공유하는데 기운氣運 역시 마찬가지가 아닌가 한다.

　기분 좋게 등산하면서 땀 흘리고 정상에 올라 사방의 경치를 보면서 배낭 속의 보잘 것 없는 주먹밥을 먹어도 건강해지는 것 같다.

　어느 책에서 쥐에 대한 실험 내용을 본 적이 있다. 쥐를 50마리씩 두 군데 나누어 놓고 먹이를 줄 때마다 한 곳에는 듣기 좋은 경음악을 틀어주고 한 곳에는 징과 북, 꽹과리를 치며 요란스럽게 했다고 한다. 경음악을 들으면서 먹고 자란 쥐는 건강하게 자라면서 수명이 상당히 길어졌다고 하며 요란한 소음 속에서 자란 쥐는 연약해지고 병치레 하면서 수명이 짧았다고 했다.

　이것을 보면 사람의 목숨은 외적이고 상대적인 요인보다 근본적 내면에 잠재되어 있는 정신세계의 역할이 크다고 볼 수 있다.

조계종 종정을 지낸 서옹西翁 큰스님은 우리 인간은 좋은 마음을 먹고 살면 자기 몸부터 건강하고 나쁜 마음을 먹고 살면 자기 몸부터 상한다고 하셨다. 부산 범어사 방장으로 계시는 지유知有 큰스님 법문에도 마음으로 오는 병은 마음으로 다스려야 되지 약으로는 근본처방이 안된다고 하셨다. 나는 오랜 세월 동안 환자를 보면서 서옹 큰스님이나 지유 큰스님의 이러한 법문에 공감한다.

어떤 이는 가슴을 두드리면서 울화통이 터져 죽겠다고 하는데 이 울화통이란 충격이나 스트레스를 심하게 받아 극도로 악화되었을 때 터질 것 같다고 표현한다. 그리고 어떤 이는 머리가 돌아 버리겠다고 표현한다. 이 역시 스트레스나 충격 혹은 정신장애 때문에 두통이 일어나는 현상이다.

요즘같이 물질문명이 발달하면 마음도 편하고 병도 적어져야 하는데 그렇지 못한 원인은 어디에 있을까? 근본적인 것은 마음에 있는 줄 모르고 겉으로만 드러나는 것만 보고 판단하여 약을 먹으면 임시치료는 되겠지만 근본이 낫질 않았으니 아무리 바깥에서 약으로 치료해 본들 근본적인 치료는 되지 않는 것이다.

이미 나온 것은 물질적으로 처리할 수도 있겠지만 뿌리로부터 멈추게 해야 된다고 지유 큰스님은 법문하셨다.

35년 동안 환자를 보면서 건강하게 장수할 사람을 구별하게 되었다.

맥을 짚어 보면 빠른 사람보다 느린 사람이 장수한다. 그리고 성격이 괴팍한 사람보다 둥글둥글한 사람이 장수한다. 또한 소심하고 부정적인 사고를 가진 사람보다 활달하고 긍정적인 사람이 장수한다. 이 세 가지를 종합해 보면 그 사람의 수명이 정신건강과 밀접한 관련이 있음을 알 수 있다.

우리나라는 경제적으로 선진국에 진입하였는데도 OECD국가 중 자살률이 높은 것을 보면 생활이 넉넉해진다고 정신까지 건강해지는 것은 아닌 것 같다.

통계를 보면 종교인의 평균 수명이 길다고 하는데 이는 마음, 즉 정신을 바르고 평화롭게 잘 다스리는 수행 덕분일 것이다.

이렇게 보면 인명재심人命在心이 건강과 수명의 근본이라 할 수 있겠다.

할머니의
엿가락 사랑

기다림 / 지암

까치집이 부럽네

서너 살 때 할머니에게서 받은 사랑이 지금도 식지 않고 가슴에 담겨있다.

할머니는 진양 강씨晉陽姜氏인데 할아버지와 같은 마을에서 자라 혼인하여 슬하에 2남 2녀를 두셨고 아버지는 그 중 막내아들이셨다.

사랑이란 여러 형태다. 종합해보면 어떤 상대의 매력에 끌려 열렬히 그리워하거나 좋아하는 마음이며 온 인류에 사랑과 봉사의 정신으로 남을 돕고 이해하려는 마음도 있고 어떤 사물이나 대상을 몹시 아끼고 귀중히 여기는 마음도 사랑에 속한다.

나의 할머니의 사랑은 그중에서도 특별했다.

할아버지는 내가 태어나기 전에 세상을 떠나셨고 큰아버지가 연대보증을 잘못 서서 가산을 탕진하여 들판 건너 산자락 밑 초라한 오두막집에 할머니가 계셨다. 젊어서는 고생하더라도 노후는 의식주가 걱정 없어야 하는데 동네에서 부귀를 누리던 할머니가 할아버지를 떠나보내고 끼니를 걱정하는 형편이 되었으니 얼마나 마음고생이 많았을까?

어머니 등에 업혀 할머니 댁에 가면 할머니는 어머니 등에 업힌

나를 띠를 풀기도 전에 빼앗다시피 안아 내리고 무릎 앞에 앉히며

"내 좋은 새끼가 왔네."

"무엇을 먹고 갈꼬."

머리부터 발끝까지 쓰다듬으시면서 엉덩이를 두드리곤 하셨다. 너무 어렸을 때라 기억할 수 없는 그냥 지나칠 수도 있었던 감정이나 감각일 수도 있겠지만 할머니는 당신이 가진 모든 것을 주고 싶어 하셨기에 그 사랑을 생생하게 온몸으로 기억하고 있다.

할머니는 "내 좋은 새끼"를 연신 흥얼거리시며 나를 끊임없이 만지고 쓰다듬고 하시고는 어디론가 가신다. 손길이 잘 닿지 않는 깊숙한 단지 속 밀가루에 묻어두었던 엿가락을 나의 입에 물려 주셨다. 가난한 살림에도 사랑하는 손자에게 주려고 보석보다 더 소중하게 엿가락을 보관하신 것이다.

아무것도 모르던 철부지였던 나는 어머니 젖보다 더 맛있게 먹었던 것이다. 그 맛을 본 나는 할머니 집에 가는 것이 마냥 즐거웠다.

어느 날 큰집 누님에게 할머니에 대해 자세히 물었다. 그때 할머니는 60세가 조금 넘어 품팔이할 나이도 아니었는데 동네 알음알음으로 일을 거들어 주고 쌀, 보리 한두 되씩 얻어서 밥이라

도 먹도록 보태었으며 거기서 아끼고 아껴 엿가락을 사두었을 것이라는 것이다.

흔히 자식 입에 들어가는 음식은 마른 논에 물 들어가는 것 같이 보기가 좋다고 한다. 그리고 '사랑은 내려가고 걱정은 올라간다' 는 말이 있다. 사랑은 언제나 윗사람이 아랫사람에게 베풀어주게 되고 걱정은 아랫사람이 윗사람에게 끼친다는 뜻이다. 쉴 새 없이 엿가락을 빨아먹는 나의 입을 보고 흐뭇하게 미소 짓는 할머니의 모습은 지금도 눈에 선하다.

그런데 노후에 아들로 인한 걱정과 한스러움은 접어두고 그렇게까지 일하면서 엿가락을 마련했을까를 생각하니 이 글을 적는 종이 위에 감사의 눈물이 묻는다. 식어지지 않고 변함없는 훈훈함이 온몸에 꽉 차 있으면서 나의 의식 속에 자리 잡은 할머니의 사랑에 감사하고 감격하며 살고 있다. 할머니의 혼魂과 핏줄로 이어진 간절한 사랑은 세월이 흘러도 지워지지 않은 것이다.

할머니의 묘는 진외가 선산에 있었다. 성묘를 가면 지형이 안 좋고 그늘진 곳에 묻혀 있는 할머니를 생각하면 마음이 불편했다. 할머니께 절을 올리면서 원顧을 세웠다. 내가 커서 따뜻한 양지 바른 곳에 모시겠다는 다짐을 했다. 이 같은 마음은 평소에도 있었지만 명절이나 할머니 제삿날에는 더더욱 간절했다. 먹고 살기가 힘들 때는 마음뿐이었지만 약방을 개업하고 경제적인 여유가 생겨 적극적인 마음이 되었다.

약 지으러 오는 분들 중에 틈을 내어 주위에 묘墓를 쓸 만한 산이나 산자락 밑에 밭이 있는지 알아보고 연락을 달라고 부탁을 했다. 그리고 남해, 하동, 사천지역을 중심으로 인맥을 동원해서 주말에는 적당한 장소를 찾아다녔다.

사랑의 힘보다 더 큰 힘이 있을까? 할머니 생각에 잠겨 할머니 유택을 마련하러 여기저기 찾아다니는 것이 즐거웠다. 할머니 유택幽宅을 잡는 기준은 풍수지관에 의존하지 않고 내 마음에 흡족한 장소로 정하기로 했다. 도로에 가까우면서 양지바른 곳이어야 하고 주변 환경이 좋고 무엇보다 할머니가 편하시겠다 싶은 곳으로 모셔야겠다고 발원했다.

흡족한 곳을 찾기 시작한지 10년이란 세월이 흘렀다. 진주에 주택을 짓고 진주에서 하동 노량약방으로 출퇴근 하면서 시야에

까치집이 부럽네

들어오는 산세도 보고 도로 옆 땅들도 항상 관심을 두고 있었다.

그러던 어느 날 길몽을 꾸었다. 꿈에 보기 좋은 나무들이 조화롭게 있었고 땅에는 한 뼘 정도 자란 녹색 잎들이 잔잔한 바람에 선율旋律의 리듬을 타고 움직이는데 지상낙원 같았고 내가 그 모습을 바라보고 있었다. 꿈이 너무 선명하여 아침밥을 먹으면서 오늘 무슨 좋은 일이 있을까 싶었다.

그때 전화벨이 울렸다.

"이 약국, 오늘 노량약방에 갈 것인가?"

"예, 갈 것입니다."

내가 남해에서 이사 와 살았던 마을 J씨로부터 전화가 왔는데 자기 부인 약을 지을 것이라고 한다.

지금은 남해안 고속도로가 사천 곤양에서 진교방향 직선으로 바뀌었지만 처음 개통된 고속도로는 사천서포해안으로 돌아갔는데 간이주차장에서 만나자는 것이다. J씨는 논에 갔다 오는지 삽을 지팡이처럼 짚고 나를 기다리고 있었다. 예전에도 약을 복용해서 병에 대한 내용은 알고 있었는데 추가로 아픈 곳을 이야기하면서 잘 지어달라고 한다.

"예, 효력이 많이 나도록 약을 잘 지어 드리겠습니다. 그런데 형. 이 근방에 묘를 쓸 만한 땅이 없을까요?"

"이 약국, 위에 있는 우리 밭 사게."

내 말이 끝나자마자 J씨가 말했다.

"같이 가봅시다."

할머니를 모실 장소를 찾지 못해 마음의 약속이 늦어져 조급한 생각에 적극적으로 서두르게 되었다. 대답과 동시에 같이 올라가 보았다.

그런데 이게 웬일인가? 어제 저녁 선명하게 꿈꾸었던 그 지형이 아닌가.

내가 바라던 도로 옆이며 양지바르고 주위 경관이 직관적으로 마음에 들었다. 여러 곳을 둘러보았지만 이만한 곳을 보지 못했다. 이곳에 묘역 조성과 조경수를 심고 가꾸어 어제 밤에 꿈꾸었던 지상낙원 같은 곳을 만들고 싶었다.

꿈이 현실이 되던 날, 생전의 할머니를 그리면서 한없이 기뻤다.

조부모님의 유택을 마련하기 위해 5년 동안 준비하는 과정에서 하동 청학동 강웅위 풍수지관의 도움을 받아 이장 날짜며 좌향坐向등을 지도받고 모시게 되었다. 비를 세우고 묘를 단장했으며 잔디와 황금색 편백을 심으니 얼마나 기쁘고 훈훈한지……. 할머니에게서 받은 사랑을 조금이나마 돌려드린 것 같았다.

할머니께서 주신 무한 사랑이 나의 삶에 많은 영향을 미쳤다. 살다보면 때로는 미움도 있고 원망이 일어날 때도 있었지만 그때마다 할머니께 받은 무조건적인 사랑이 그 감정을 다독거려준 것 같다. 사랑은 받은 데 비례하여 주게 되는 것 같다. 사랑받고 산 사람이 사랑을 줄 줄도 아는 것이다.

어머니의 사랑도 말할 수 없이 컸지만 사는 데 바빴던 어머니 품보다 할머니의 모습이 사진을 보고 있는 것 같이 선명하다. 할머니는 긴 얼굴에 높은 파도가 지난 후의 잔잔한 물결과 같은 주름살이 새겨져 있고 언제나 눈과 입은 나를 보고 미소 짓고 계신다.

상대방을 믿고 또 내가 믿음을 주고 삶이 불안하지 않도록 건강한 사랑을 주신 할머니. 고맙고 감사합니다.

까치집이 부럽네

어머니의
일생

　어머니의 이름은 공孔 점点자 례禮자이며 남해군 남면 운암마을에서 태어나 18세 때 아버지와 혼인하여 3남 4녀를 낳으셨는데 아들 하나를 잃고 6남매를 기르셨다.

　한 살 적은 아버지와 혼인한 어머니는 당신의 운명을 생각해 보았을까? 그저 자식 놓고 평범하게 살 것이란 소박한 바람이었을 것이다. 그런데 남편을 잃고 주어진 불가항력의 인생에서 자식을 기르는 과정에서 상상도 못한 일들을 살아내느라 어머니는 삶의 희생양이 되었다.

　고향인 남해에 있을 때 누님을 시집보내고 아버지와 함께 어린

양파 / 지암

3남매를 데리고 먹을 것을 찾아 이사하고 남매를 낳아 5남매를 키우셨다.

스님이 되려고 정든 부모 형제와 집을 두고 출가出家하는 심정과 어린 자식을 데리고 부모님 품안 같은 고향을 떠나 낯설고 물설은 타향에 온 심정은 무엇이 다를까?

이사 와서 그렇게 갈망하던 쌀밥을 먹게 되고 배고픔이 해결되었지만 어머니에게 날벼락이 떨어진 것이다. 아버지가 마흔한 살의 젊은 나이에 세상을 떠났기 때문이다.

어머니 젖만 생각하는 남동생이 한 살이었고 위로 세 살, 여덟 살, 열한 살, 장남인 내가 열네 살로 어린 다섯 명을 두고 아버지가 떠났으니 어머니의 마음은 어떠했을까? 혼이 나가 머리카락이 풀어진 채로 눈을 감은 아버지 시신을 앞에 둔 어머니의 비통한 절규 소리는 나의 영혼과 뼛속 깊이 사무치도록 남아 있다.

"어린 새끼들 두고 나 혼자 어떻게 하라고…… 나 혼자 어떻게 하라고 떠나요…… 어린 새끼들 어떻게 하라고 무정하게 떠나요……"

어머니는 아버지가 병환으로 누워계실 때 몸에 좋다는 것은 무엇이든 해드렸고, 병이 깊을 때는 살릴 것이라고 발버둥쳤고 숨을 거두는 순간은 얼굴이 새파랗게 변하였다. 입관할 때 가면 안 된다고 아버지의 옷을 잡은 채 놓지 않았고 상여 뒤 새끼줄을 움켜쥐고 못 간다고 버티었으며 산소에 안장하기 전에는 맨바닥에 주저앉아 죄 없는 땅과 가슴을 번갈아 두드리며 이를 악물고 놓아주지 않았다.

어머니는 나에게 젖을 물리고 눈을 마주보며 배부르게 먹이고 싶어 하셨고 귓밥을 어루만지면서 잘 자라기를 기도하며 길러주셨다. 언젠가 나의 눈에 티가 들어갔을 때 혀를 눈 안에 넣어 밖으로 내어주실 정도로 지극하게 보살펴주신, 하늘과 땅보다 크신, 사랑을 주신 누구도 그 사랑을 대신할 수 없는 나의 어머니!

어머니는 배고픔을 해결할 수 없는 고향을 떠나 낯선 타향에 와서 그렇게도 자식들에게 먹이고 싶어 하던 쌀밥을 아버지와 함께 하는 행복한 시간이 너무 짧았다. 이사하고 3년 만에 아버지가 세상을 떠났으니……. 눈물이 앞을 가려 일어서지를 못하셨다. 처량한 신세가 되어 의지할 곳 없는 어린 자식 다섯 명을 혼자 길러야 하는 너무 힘든 나날이 시작된 것이다.

나에게 몇 백 원의 용돈을 주기 위해 암탉 두 마리가 낳은 알과 고구마 줄기와 채소 몇 가지를 함지에 담아 머리에 이고 십 리가 넘는 길을 걸어가서 진교시장에 내다 파셨다. 집에 시계가 없었으니 어떨 때는 새벽인 줄 알고 밤중에 일어나 호롱불을 한 손에 들고 동틀 때까지 몇 번을 쉬어가면서 가기도 하셨고 어느 때는 가지고 갈 물건이 없어서 여동생을 데리고 집 근처 산에 가서 솔방울을 따 가마니에 담아 가서 팔기도 했다.

농사일은 일 삯을 주고 일꾼을 쓸 수가 없어서 남의 집에 가서 어머니가 할 수 있는 일을 먼저 해주고 어머니가 하기 힘든 논 갈고 써레질하는 것은 품앗이를 하셨다. 그때 모 심기는 연중마을 행사처럼 집집마다 여성들이 동원되어 품앗이를 했는데 뱃심이 있어야 잘 심는다고 하면서 중참도 거나하게 먹고 점심 또한 찰밥이나 쌀밥에 반찬도 푸짐하게 만들어 먹었다.

부잣집에 모 심어주러 간 어머니는 밥과 반찬을 얻어서 집에다

까치집이 부럽네

갖다 두고 가셨던 것을 보면 어머니는 어디에서나 자식 생각이
떠나지 않았던 모양이다.

　살기 위한 마음의 땀방울과 걱정과 근심의 눈물
은 어느 정도일까? 한두 명의 자식도 키우기 힘들
어 하는 요즘 세상에 지아비가 없는 젊은 여인으
로서 살기가 얼마나 힘드셨을까? 내가 짐작조차
못하는 아픔의 일들이 얼마나 많았을까?

　그러나 어머니에게도 온몸에 스며들어 꽉 차 있는 고통과 괴로
움의 덩어리가 서서히 풀어지는 날이 돌아왔다. 아버지에 대한
여한과 연민은 풀 수 없었지만 아들이 장가가고 약방을 개업한
곳에 함께 살면서 가정의 일들은 아들 며느리에게 맡기고 이웃
의 일들을 도와주는 것을 즐거움樂으로 삼으시며 의기가 양양하
셨다.
　약방 이웃에는 잡화상과 반찬가게 그리고 바닷물고기를 잡는
세 집이 있었는데 어머니는 이 집 저 집 번갈아 가면서 도와주었

다. 반찬가게 주인 대신 앉아서 반찬도 팔아주고 잔돈이 없으면 다른 이웃에 가서 바꾸어 주면서 남의 일이 아닌 어머니 당신의 일 같이 하셨다.

이렇게 17년의 세월을 보내고 내가 진주로 약방을 옮기게 되어 어머니도 정든 이웃을 두고 함께 오셨다. 어머니는 새로운 곳에 정을 붙이기 위해 가까운 거리에 있는 경로당에 매일 다녔는데 90세까지는 건강하게 다니셨는데 90세 이후로는 가고 오실 때 걷다 쉬었다 하는 횟수가 차츰 늘어나더니 92세부터는 걷지 못하고 몸져누우셨다. 누구나 그렇겠지만 어머니에게도 어렵고 힘들고 모진 세월은 너무 가혹하고 더디고 지나간 것만 같고 시름 줄어들고 편한 세월은 빠르게 흐른 것 같다.

어머니가 계신 방에 가면 일어나고 싶어서 손짓을 하셨다. 그때 조심스럽게 부축을 해서 일으켜 앉혀드리면 '휴우!' 하고 나의 얼굴을 만져보셨다. 어머니 몸의 수분이 우리 가정을 위해 소진되어 손바닥이 마른 가랑잎 같았고 파리가 살갗에 붙어 있어도 쫓지 못할 정도로 기력이 쇠잔하였으며 목소리가 입 안에서 숨소리와 함께 겨우 나오는 소리로 "약방에 손님은 오는가?" 하고 물

까치집이 부럽네

어 보시며 그처럼 힘든 상황에서도 자식 걱정과 잘되기를 바라는 마음뿐이셨다.

인생살이는 한 치 앞을 내다볼 수 없는 꿈만 같은 것일까? 어머니의 손을 꼭 잡고 있어야 할 시간을 예측 못하고 아침 일찍 자유산악회 회원들과 함께 관광버스로 전남 영광군에 위치한 불갑산佛甲山으로 등산을 갔다.

불갑산……. 부처님의 산이었다. 상서로움의 상징인 눈이 많이 내려 온 산을 덮었는데 햇볕에 반짝이는 은빛 눈을 밟으니 상쾌한 기분이었다. 부처님의 가문으로 의미 있는 불갑산이라고 생각하면서 산중턱쯤 올라갔는데…….

어머니가 위독해서 경상대학병원으로 옮기고 있다는 청천벽력 같은 전화가 왔다. 부처님의 산 정상頂上에 당신이 가신다고 그러셨을까?

진주로 와야 하는데 안절부절 걷잡을 수 없이 혼란스러워 일행이 택시를 불렀다. 택시를 타기 위해 눈 덮인 응달 쪽 지름길을 푹푹 빠지면서 허겁지겁 미끄러지고 넘어지기도 하면서 혹시 어떻게 되었을까 전화를 해보았더니 돌아가셨다는 것이다.

정신없이 우왕좌왕 갈피를 못 잡고 길의 윤곽이 있는 곳 옆에 용문사가 있어 법당 안으로 들어갔는데 눈이 많이 내려서 그런지 아무도 없었다. 어머니를 극락 가게 해달라고 부처님 앞에 엎드리니 몸 전체를 쥐어짜는 통곡이 터져 나왔다. 비비절절悲悲絶絶함을 어디에 비하랴.

절 밑 도로에서 택시가 빵빵거리며 택시 호출한 사람을 찾고 있었다. 북 받치는 감정을 털어내지 못하고 진주로 오는데 어머니 일생이 영상필름처럼 돌아가기 시작했다.

하나하나 생각할수록 서리가 내리고 비가 와서 꽁꽁 언 얼음 밑의 들판 논 보리 신세와 같이 사셨는데 이제는 따뜻한 방에서 몸을 푹 녹이고 몇 년 만 더 편안하고 자유롭게 사셨으면 하는 마음에 눈물이 하염없이 흘렀다.

급하게 어머니 곁에 왔을 때는 눈은 뜨고 있었지만 숨소리는 들을 수가 없었다. 육신은 굳어 싸늘한데도 눈을 뜨고 있는 것은 외출한 아들을 보고 눈을 감으려는 어머니의 마지막 간절함이었을 것이다. 이 우주 전체보다 고마운 어머니! 편히 가시라고 눈을 감겨 드렸다.

이렇게 어머니는 2010년 12월 26일 타계他界하셨다.

자연으로 돌아가신 어머니! 바람이 불어 가누지 못하면 어떻게 든 잡을 수 있겠지만 자연自然의 도道 앞에서는 잡을 수 없었다.

어머니의 영면을 지켜보면서 이 세상에서 무엇을 남기고 무엇을 가지고 가는지 알게 되었다. 조금 더 일찍 철이 들었더라면 어머니의 마음을 조금 더 헤아리고 걱정을 덜어 드렸을 텐데 하는 아쉬움이 가득하다. 어머니의 사랑과 보살핌의 빈자리가 이렇게 클 줄 몰랐다.

어머니는 우리 가정을 위해 파란 만장한 곡절 속에서도 좌절하지 않고 꿋꿋하게 힘든 삶을 헤쳐 오셨다. 나에게는 이런 강인한 어머니의 삶이 본보기가 되었고 어머니처럼 봉사도 하면서 살아야겠다고 다짐한다.

비행기를 타고 가서 만날 수 있는 하늘나라에 계신다면 아무리 비싸도 그 표를 구해서 어머니 손이라도 한번 잡아보고 싶고, 착하게 살아서 갈 수 있는 극락세계에 계신다면 남은 인생 착한일을 많이 해서 어머니 곁에 가고 싶다.

사랑하고 감사한 어머니!

꿈에라도 나타나 있는 곳을 가르쳐 주시면 꼭 찾아가겠습니다.

촉석루의 새벽 / 지암

천륜天倫과
도리道理

　사람이 살면서 사람답게 사람 노릇을 하고 살려면 부자父子, 형제 사이에서 마땅히 지켜야 할 도리. 부모와 자식 간에 하늘의 인연으로 정하여져 있는 사회적 혈연적 관계인 천륜을 저버리지 않아야 한다. 그것이 사람의 도리道理다. 그것은 마땅히 해야 할 바른길이다. 천륜을 지키기 위해서 방법이나 수단을 찾고 그 일을 제대로 할 때 도리를 다했다고 할 수 있다.

　나는 조부모님의 손자이기도 했고, 부모님의 아들이기도 했고, 또 아버지이기도 했다. 삶의 과정에서 자기의 도리를 다하기 위해서는 올바른 마음과 행동이 필요했다.

　　　　　　　　　　　　까치집이 부럽네

자식의 도리, 남편과 아내의 도리, 부모의 도리를 다하기 위해서는 가정마다 문화를 만들고 가풍을 세워야 한다.

　교육은 잘 안 되는 것을 가르치고 행동하게 하는 것이다.

　부모가 자식을 돌보고 친애親愛하는 것은 천륜이기에 교육하지 않아도 잘하고 오히려 지나쳐서 문제가 일어나지만 자식이 부모를 공경하는 일은 잘 되지 않기에 자식의 도리는 가르쳐야 한다.

　부모는 자식을 염려하고 보호하고자 하는 차원에서 '행여나' 하는 마음이 떠날 날이 없고 잘살기를 바라는 마음 또한 내면 깊숙이 자리 잡고 있는 것을 어른이 되고 보니 알 것 같다.

　자식들에게서 전화가 오면 빠지지 않는 부모의 말하기 '자동 매뉴얼'이 있다.

　"어디 아픈 데는 없나?"

　"아이들 밥 잘 먹고 학교 잘 다니느냐?"

　당신의 육신肉身은 아프고 힘들어도 숨기며 자식들을 향한 친애親愛의 마음은 변함이 없다. 부모나 조상님의 천륜天倫의 마음은 이러하다. 자식들 얼굴표정이 어둡거나 목소리에 힘이 없으면 '무슨 안 좋은 일이 있을까?' 걱정을 하고 다 큰 자식이라도 늦게 들어오는 날이면 깊은 잠을 자지 못한다. 자식이 집에 들어와야 마음을 놓는다.

이렇듯 부모는 자식이 어린아이였을 때는 말할 것도 없으며 성년이 되어서도 불 앞에 앉혀둔 아이 같아 보여 늘 불안한 마음이다. '차가 많이 다니는데 혹시 다치지는 않을까?', '선생님 말씀 잘 듣고 열심히 배우며 친구들과 싸우지 않고 집으로 올까?' 하는 염려 속에 산다.

대학교에 입학할 때쯤이면 불공을 드리거나 교회에 가서 기도를 하고 앉으나 서나 합격을 염원하면서 애태운다. 군대를 가도 '혹여 훈련하다 다치지는 않을까?' 하며 복무를 마치고 나올 때까지 마음을 놓지 못한다.

시집가는 딸이 있으면 잘 살아야 할 텐데 걱정하며 임신이 되는 순간부터 아무 탈 없이 순산하고 아이와 함께 건강하기를 빌고 빈다. 또한 장가 갈 아들이면 '예쁜 색시, 마음씨 고운 처녀를 만나서 행복해야 될 텐데……' 하는 생각이 머리에서 떠나지 않으며 결혼하고 나면 손자까지 걱정이 보태어진다.

여기에 태풍이 불거나 폭우가 내려도 혹시나 하는 걱정이 생기고 몹시 춥거나 더워도 걱정이며 눈이 내리는 날에는 '미끄러지지 않을까?' 하는 우주 자연에서 하는 일까지 연관 지어 걱정한다.

아버지를 생각하면 가슴이 먹먹하다. 아버지의 삶의 무게가 절절하게 느껴진다. 찬 갯바람 맞아가며 간척干拓공사 막일을 하고 오실 때에는 바지게에 괭이와 삽을 짊어지고 한 손에는 가족이 먹을 반찬거리를 들고 시퍼렇게 언 얼굴이 눈에 선하다. 고된 일 속에서도 힘든 내색하지 않고 가정과 자식을 위한 그 노고는 천륜을 지키기 위함이었다는 것을 이 나이에야 깨닫게 되었다.

시인 김현승은 '아버지의 마음'에서 가족들을 위한 매일의 수고와 삶이라는 무거운 숙제를 풀어야 하는 외로움으로 인해 아버지는 '보이지 않는 눈물을 흘린다'고 했다. 또한 이러한 아버지의 깊은 외로움을 치유할 수 있는 것은 아버지의 소망대로 자식들이 순수하고 올바르게 자라나는 것을 아버지가 확인하는 순간 그 모든 고독과 노고를 깨끗이 보상 받게 되는 것이라고 한다. 아버지의 마음과 자식을 위한 노력은 아버지의 아버지, 그 아버지의 아버지도 마찬가지였을 것이며 자식을 향한 소망이나 바람 또한 대대로 같을 것이다.

내 어머니 또한 자식을 보호하고 자식이 잘살기를 바라는 마음은 아버지와 마찬가지였을 것이다.

나는 이렇게 부모님의 따뜻한 보살핌과 사랑으로, 천륜天倫으로 자랐음에도 부모님께 자식된 도리道理를 다하지 못한 것이 후회된다. 지금 살아계신다면 손을 잡고 진심을 다해 드리고 싶은 말이 가슴에 남아있다.

"정성스레 키워주시고 보살펴주셔서 고맙습니다."
"은혜를 잊지 않고 성실하게 살겠습니다."
"가정의 화목을 위해 더 노력하겠습니다."

이렇게 생전에 표현하며 살았으면 좋았을 텐데…….

괜히 쑥스러워서 말하지 못하고 말을 가슴에 품고만 있어서 다정다감함을 표현하지 못한 것이 후회로 남아 있다.

아버지 없이 홀로 외롭게 사신 어머니 생전에 좀 더 다정하게 존중하는 말을 직접 표현했으면 좋았을 텐데 병풍에다 글을 쓰고 부모와 조상님의 은혜에 감사하는 가풍을 만들고자 했다.

까치집이 부럽네

조상이 계셨기에 오늘날 우리가 있다.
세상에 태어남을 축복으로 생각하자.

조상님들은 후손이 잘 되기를 바란다.
은혜를 잊지 않고 성실하게 살아가자.

조상의 음덕으로 가족을 이루고 있다.
고맙고 감사한 마음을 갖고 생활하자.

조상의 얼이 우리를 지켜보고 있다.
올바른 마음과 행동으로 의롭게 살자.

우리도 우리후손의 조상이 될 것이다.
후손에게 자랑스런 조상이 되게 하자.

대대로 화목하여 우리 가문 번창하고
최선을 다한 기쁨으로 천수를 누리자.

부모가 되면 무의식 속에서도 천륜天倫으로 자연스럽게 자녀를 돌보고 사랑하게 되지만 자식은 자식으로서 의식적으로 노력하는 도리道理가 필요하다. 가정에 천륜과 도리가 있을 때 화목하고 행복 하게 되고 가정이 화목하고 행복할 때 사회도 평화로워진다. 모두가 행복한 삶을 누릴 수 있게 되는 것이다.

　혼인婚姻은 인륜지대사人倫之大事다.

　천륜을 지키는 것이 인륜을 저버리지 않게 되는 것이다.

　우리나라는 지난날에 비해 국민소득이 날로 늘어나 선진국 대열에 들어서면서 눈부신 경제 발전을 하고 있다. 이렇게 잘 살게 되었는데 이혼율은 높아지고 가정에서 가장 중요한 가족구성원을 만들지 않는 저출산 문제, 삶을 포기하는 자살이 늘어나는 심각한 사회현상이 일어나고 있다. 이것은 물질에 눈이 어두워져서 인륜을 저버리고 천륜을 생각하지 않기 때문이다. 사람으로서 천륜을 알고 자신이 처한 환경에서 도리를 다하는 것에 대해 생각

　　　　　　　　　　　　　까치집이 부럽네

하며 올바르게 살다보면 삶의 보람과 기쁨과 만나게 될 것이다.

까치는 단칸방에 살면서도 다투거나 이혼하는 일, 자식을 낳지 않는 일 등 스스로 목숨을 끊는 극단적인 행동을 하지는 않는 것 같다.

자유롭게 살면서도 자연의 도道를 벗어나지는 않는 것 같다.

천륜을 저버리지 않고 까치로서의 도리로 살고 있는 것이다.

까치의 삶이 부럽다.

밤과 낮은 우주의 역할로 사람으로 하여금 어두워지면 쉬게 하고 밝아지면 움직이도록 하였다.

문명이 발달하면서 밝은 환경이 되어 어둠이 줄어들게 되면서 우주의 역할인 순리를 거슬러 모든 생물의 환경이 좋지 않게 되었다. 밤에는 자고 낮에는 움직이며 순리를 아는 것이 깨달음이고 지혜인데 이 우주의 순리와 진리를 알지 못하고 나 역시 우여곡절迂餘曲折을 겪었다. 그러나 지혜와 순리를 알지 못한 파란만장波瀾萬丈과 그 우여곡절 속에서도 누군가가 건네주는 삶의 밧줄이 있었고, 운명의 강 속에 뗏목 같은 도움의 손길이 있었기에 오늘까지 살 수 있었다. 미리 성급하게 절망하지 말고 찬찬히 하루하루를 살다보면 어느새 희망하던 일이 현실이 되어 있었음을 경험했다.

열일곱 살에 집을 지었던 것은 살기 위한 발버둥이었다.

그 이후의 삶에서 명예를 좇고, 한 푼이라도 더 모으기 위해 재물을 욕심내고, 빌딩을 짓고 호화주택을 지었던 일이 근본적인 행복을 주는 것은 아니었다. 아침에 피었다가 지는 나팔꽃도 시차를 두고 계속되는 나팔꽃의 삶이었고, 집 없는 고양이도 나무 밑에서 웅크림 자체가 자신의 의지처가 되는 것을 보았다.

성지聖地 남해 금산 보리암 마당에서의 기절氣絕은 나의 삶을 바꾸는 계기가 되었다. 인생은 외면보다 내면에서 참된 자신을 찾아야 한다.

철갑옷과 수많은 가시 같은 잎으로 무장한 소나무가 줏대도 없고 힘도 없어 보이는 칡넝쿨에 생명을 잃는 것을 보았다. 어떤 관계에 의해 또는 주체할 수 없는 욕망이나 감정에 의해 흔들리는 삶보다는 자신의 분수에 맞게 평상심平常心을 가지고 삶을 깨닫게 되지 않을까? 앞으로 남은 일은 본래면목本來面目에서 수행정진修行精進하는 것이다.

일찍 아버지를 여의고 홀로 6남매를 키우며 보살행을 실천하신 어머니!

살수록 어머니의 자비심慈悲心을 생각하게 된다.

그저 고마우셨던 분!

못다 한 효도가 아쉬움으로 남는다.

한 세상을 살면서 좋은 도반道伴이었던 '한약협회' 회원들, 특히 1975년 경남에서 합격했던 '7·5동기회' 회원들, '남해향우회' 고향분들, '가정

법률상담소'와 '내일을 여는 집', '경상대학교 경영행정대학원 최고과정' 원우님들과 어울림은 삶의 즐거움과 보람이었다.

한의학의 스승이신 고故 용당庸堂 권영집權寧執 선생님께 경의를 표하며 귀한 사진을 주신 지암志岩 선생 그리고 출판사 관계자와 인연 있는 모든 분들에게 고마움을 전합니다.

고맙습니다.

2014년 가을 옥봉재에서

명성 이용백 합장